河出文庫

約束された移動

小川洋子

kawade bunko

河出書房新社

目次

約束された移動

約束された移動

ハリウッド俳優のBはすっかり落ちぶれてしまい、スクリーンで姿を見ることもなくなったが、昔は微笑《ほほえ》むギリシャ彫刻と呼ばれ、世界中に熱狂的なファンを持つスターだった。有名監督に見出されて十代で出演したデビュー作がヒットし、以降、娯楽大作、文芸路線、社会派、歴史絵巻、ミュージカル、と幅広い作品で主演を務めた。アカデミー賞とは縁が薄かったものの、彼が獲得した人気を考えれば、オスカー像の重みなど大した問題にはならなかった。どんなに光る演技をしようと、秘密の鑿《のみ》で刻まれたかのような美しすぎる顔が邪魔をしたのだと、映画評論家の誰かが言っていた。

凋落《ちょうらく》の影は中年を過ぎたあたりから少しずつ色濃くなりはじめた。浅はかな結婚と離婚を繰り返すうち、酒量はどこまでも増えてゆき、当然クスリもセットとなり、そこへセックス依存症の治療、金銭トラブル、パパラッチへの暴行等々がプラスされていった。うんざりするほどありふれた経過、と言ってしまえばそれまでだった。

いつしか容姿の衰えは誤魔化しがきかなくなっていた。限界まで太ったあと、病的に痩せて一気に老け込んだ。瞳は濁り、髪は後退し、背中が縮んで丸くなった。肌には樹皮のような深い皺《しわ》が刻まれ、もはや、泣き顔と笑顔の区別さえつかなくなっていた。何ものかから鑿を奪い取り、自らの手で分別もなくそれを振り下ろし、彫刻を破壊するような振る舞いだった。かつての大理石は、腐った老木になり果ててしまった。結局は、一瞬の輝きを死に閉じ込めたジェームズ・ディーンにも、老いの美の残り香を漂わせつつきっぱりと引退したロバート・レッドフォードにもなれなかったのだと、これも映画雑誌のどこかに書いてあった。

私の一番のお気に入りは、ずっと変わらずデビュー作だ。戦争に引き裂かれる悲恋も、地球外生物との闘いも、うらぶれた詐欺師の復讐も、全部の作品が捨てがたいが、やはり最初の一作だけは特別な地位を与えられるべきだと思う。

その時Bは、聖職者の道を歩む兄に引け目を感じる、弟の役を演じた。兄を清らかな心で慕いながら、屈折した暴力への衝動に怯えるか弱い弟。役柄と同じ、まだ少年の気配が残る、十九歳だった。

最も愛しているシーンがある。スタートしてからちょうど十八分四十秒後。何度もビデオを再生しているうち、目をつぶっていても一発で、目指すシーンの頭に早送りと巻き戻しができるようになった。誤解と偶然の成り行きから仲間に怪我を負わせたBが、行き場を失い、兄のことを心に浮かべ、延々と川沿いの道を歩くシーン。日暮れが迫り、川は空よりも早く、暗い色に沈もうとしている。魚の姿は見えず、水鳥たちはみなねぐらへ帰り、広々とした川はただ静かに流れている。すれ違う人もなく、彼は一人きりだ。

カメラは後ろから近づいてゆき、ゆっくりと回り込んで横顔をとらえる。研ぎ澄まされた背中と、影の中でもくっきりと浮かび上がる横顔の輪郭が、スクリーン一杯に映し出される。それがやがて老いてゆくものだ、などとは誰も信じない。青年は川が流れてゆく先のずっと向こうを見つめている。

やがて観客は彼が何かつぶやいているのに気づく。幼い頃、死んだ祖母が繰り返し語ってくれたお話だ。……昔々、この町で万国博覧会が開かれた時、船で運ばれてきた十六頭の象たちが、港から会場まで、東へ向かって川沿いの道を行進したんだよ。暑い盛りだったからね、川で水浴びをして、河原で眠った。見物人たちが大勢集まった。子どもの麦わら帽子を鼻で取り上げるいたずらな象もいて、皆、大喜びだ。何キロも離れた動物園の動物たちが、さすがに野生の力だねえ、仲間の気配を察知して、一斉に遠吠えをしたよ。各々の喉を、各々のやり方で鳴らして、歓迎の気持を表したんだね。途中、ハプニングと言えば、河口の橋のたもとで赤ちゃんが生まれたことだ。大行進を祝福するのに、これ以上の出来事があるだろうか。おばあちゃんには思いつかないよ。ああ、これはあらかじめ約束された移動なのだ、と誰もが深くうなずいて、生まれたばかりのその生きものに祈りを捧げた。厳《おごそ》かな気持にさえなった。象たちは再び歩きだした。もちろん子象も一緒だ。小さいからといって近道できるわけじゃない。何のために、どこへ行くのか知ろうともせず、ただ黙々と歩くのだ……。

子どもの頃からずっと、辛くてどうしたらいいか分からなくなった時、彼は祖母のお話をつぶやきながら、象が移動したのと同じ道を歩いた。祖母の声は優しく、象の足音は思慮深い。二つは区別がつかないほどに、よく似ている。河原に目を凝らしているうち、彼らの足跡が目に映る気がしてくる。草が足の形のとおりに倒れている。安全で、強固で、迷いのないその一歩一歩の間を、自分の小さな足跡でつないでゆく。子象が生まれた橋のたもとで、彼は立ち止まる。埃《ほこり》だらけのくたびれた靴を見下ろし、息を鎮め、子象が初めて立った場所を探してあたりを見回す。草が羊水でまだ濡れているはずだ、と信じるかのように目を凝らす。夕焼けは夜空に消え、町の明かりは遠く、夜がもうすぐそこまで迫っている。彼はまた歩きだす。BGMはない。象の足音と彼のつぶやき以外、他には何も耳に届いてこない。象と同じく何も知らないまま、ただ黙々と歩くものだけがたどり着ける場所まで、彼は歩き続ける。

客室係になって一年もたたないうち、その部屋に泊ったのがどんな人物なのか、分かるようになった。職業や肩書や社会的な地位とは無関係な、もっとむき出しで素朴な手触りが、清掃作業中、そこかしこから伝わってきた。知りたくないと思って抵抗しても無駄だった。分かってしまうことで余計なエネルギーを奪われないよう、淡々と作業できるまでには、多少の訓練が必要だった。

ドアを開けた瞬間から、一部屋一部屋、まずにおいが違っていた。いくら念入りに消臭剤を用いようと、夜を過ごした一人の人間は、何かしらにおいを残してゆく。お酒と化粧品が一番分かりやすかった。何が発生源か想像したくない場合も多かった。エキゾチックなスパイス、南国のフルーツ、毛皮、花、医薬品、腋臭、靴下。

たとえ現物は目の前になくても、においは主の去った部屋に取り残され、時に厚かましく、時に心細げに漂い続けている。

それだけではない。シーツの皺から、バスタオルの丸め方、石鹸の減り具合まで。ライティングデスク、ルームサービスのワゴン、クローゼットの乱雑ぶりから、メモ用紙に残る走り書きまで。その人の痕跡を留める証拠は、部屋中に散らばっている。作業に取り掛かる前、ざっとあたりを見回せば、ついさっきまでそこにいたはずの、深く関わることは決してない誰かの気配がこちらに迫ってくる。ベッドの脇でひっくり返る片方だけのスリッパは、怒りに似た焦りをまとい、カバーを外しても元に戻らない枕の窪みには、眠れなかった夜のため息が染み込んでいる。本人たちはまさかスリッパや枕が、自らが何ものであるかの証拠になるなどとは気づいてもいない。

また彼らは、あらゆる何かを落としてゆく。忘れ物とは違う、回収不可能な、肉体からの落下物。代表は髪の毛だ。それは例外なく落ちている。客室係になって最初に学んだのは、人間の髪の毛とはこんなにもたくさん抜け落ちるものなのだ、という事実だった。その色や太さ、形状や手触りは、一人一人異なっている。吸い込んでも吸い込んでも、こちらがほんのわずか隙を見せるだけで、それは容赦なく紛れ込んでくる。絡み合って排水口を塞《ふさ》ぎ、ソファーの下の暗がりに、ひっそりと横たわる。

その他、フケ、爪、痰、目やに、耳垢、瘡蓋《かさぶた》といったもろもろが落下する一方、まるで運命のように備品が持ち去られる。リネン類がなくなるのは可愛い方で、ソファーやテレビが持ち出されたことさえあった。マッサージの案内カード、テレビの番組表、コンセントカバー、シャワーカーテン、電話コード、引き出しの把手《とって》、避難経路図……。ほんの小さな一室にも、誰かにとっては魅惑的な品物が無数に隠れている。

このような出はいりによっていびつになった部屋を、毎日、私は元通りにし続けた。ほんの数時間後には自分の働きなどふいにされてしまうと承知していながら、うんざりもせず、同じ作業を繰り返した。余分を排除し、不足を補充し、前に泊った人のことなど微塵《みじん》も意識させず、まっさらな部屋が自分だけのために用意されたのだとお客さんに思わせるのが、私の仕事だった。

入社三年め、ロイヤルスイートの担当になった時、同僚からは少なからず同情された。スタンダードルームなら、チェッカーさんの合格印さえもらえれば、自分一人の裁量で作業を進められるが、スイートの場合、先輩と三人一組でチームを組む決まりになっているうえ、クレームのペナルティーも厳しかったからだ。

しかし私は先輩の意地悪など気にしなかった。ベッドに寝転がる自由もない、床に這《は》いつくばるだけの客室係であっても、毎日数時間、その場所にいられるだけで幸福だった。そこは、自分が住むアパートの二十倍以上の広さがあり、隅々に至るまですべてが高級で、上品で、窓からは街の全部が見渡せた。そこかしこに美術品が飾られ、窓辺にはグランドピアノが置かれ、バスルームでは大理石が艶やかな光を放っていた。

そして、私がロイヤルスイートを愛する一番の理由は、リビングの壁一面を覆う書棚だ。そこには千冊を超える本がお行儀よく出番を待っていた。その前に立つたび、私は思わず手を止め、うっとりと背表紙を眺めた。図書館と本屋さん以外で、これほどたくさんの本が並んでいる場所を、他に知らなかった。その一冊一冊に、異なる世界が潜んでいるのかと思うだけで、圧倒され、果てしもない気分に陥り、めまいがした。たった一晩でも、その千冊を自分のものにできる誰かのことが羨《うらや》ましかった。

ロイヤルスイートは調和を乱すものが何一つない、完璧な空間だった。部屋それ自体が、計算され尽くした一つの美だった。

ベッドメイキングをしている時、窓ガラスを拭いている時、大理石に曇りがないか目を凝らしている時、そこにある美を最も間近で受け取っているのは、ベッドで眠りバスタブに身を沈める選ばれた誰かではなく、客室係の自分なのだ、と感じることができる。磨き上げられた窓の向こうに広がる世界は、自分の両手の中にあるのだ、と。

Bが初めてロイヤルスイートに宿泊したのは、デビューから三年、立て続けにヒット作に出演し、人気が急上昇していたさなかだった。同僚たちの中には興奮している者もいたが、私は名前と顔が分かる程度で、映画は一本も観たことがなかった。そもそも宿泊客に余計な関心を寄せるのは、職業上好ましくないとされていたから、かつてロイヤルスイートに泊った元首や石油王やチャンピオンたちに対するのと同様、冷静な心持ちで仕事に当たった。

一泊め、私の担当はリビングと書斎だった。ハリウッド俳優などきっと派手に違いない、と決めつけていたのに、酒盛りやいかがわしいパーティーの残骸はどこにもなく、部屋は予想外に落ち着いていた。目立った形跡は、ソファーのクッションがいくつか移動しているのと、ライティングデスクの椅子にバスローブがかかっているくらいのものだった。かつてのどの宿泊者よりも平和、と言ってよかった。そのクッション一つ、バスローブ一枚にも、無造作に扱われた気配がなく、けれど几帳面すぎる緊張感もなく、適度な親しみと丁寧な手つきの表情が残されていた。客室係にとってありがたい、実に作業のしやすい部屋だった。ベッドルームとバスルームでは、先輩二人が早速作業を開始していた。

ふと、そこはかとない懐かしいにおいをかいだ気がした。一度も経験したことのない種類のにおいだった。目を閉じ、ゆっくりと息を吸い込んでみた。何気なく椅子の背に手をやると、バスローブが指先に触れた。洗濯糊の清潔な感触がまだ残っていた。呼吸とともにそのにおいは胸を満たした。違和感というほどはっきりはしておらず、気のせいで済ませてしまえるほどあやふやでもなかった。バスルームのドアを叩き、先輩が「ぐずぐずしている暇はないよ」と怒鳴っているのが聞こえた。

三泊したのち、Bはチェックアウトしていった。その間、後ろ姿をちらっと見かける機会もなかったが、それは宿泊者が誰であれ珍しくないことだった。私が接するのを許されているのは、いつでも痕跡だけだった。

最後の夜も、彼は穏やかに過ごしたように見受けられた。やはり、同じにおいがした。私はいつも通りの手順で作業を開始した。明け方から降りだした雨が止まず、窓の向こうは灰色に煙って街と空の境があやふやになっていた。飾り棚の埃を払い、観葉植物の葉を濡れた布ですべて拭き終え、本棚の前に来た時、何かが私を引き留めた。例えば貴重品の落とし物を発見したような、客室係として重要な信号をキャッチする感覚に似ていたが、もっと頼りなげでひっそりとしていた。私はざっと背表紙に目をやった。向かって右側の下方、サイドテーブルに半ば隠れた棚に、ほんのわずか、隙間ができていた。

特別製本の美術書や写真集が目立つ書棚の中で、それはあまりに控えめな空洞だった。ぼんやりした客室係なら気にも留めないだろうが、私の目を誤魔化すことはできなかった。間違いなくそこには、一冊の本があったはずなのだ。

とりあえず私は作業に戻り、ソファーの下や引き出しの奥やバーカウンターの裏や、本が紛れ込みそうな場所をいつもより丁寧に掃除し、先輩たちの動きにも注意を払った。しかしどこからも本は見つからなかった。

最後、もう一度本棚の空洞を確かめた。人差し指の先を、そっと奥へ差し入れてみた。本たちはみな、深い沈黙を抱えたままじっと目を伏せていた。あっ、本のにおいだ、とようやく私は気づいた。Bが残していったのは、本を開いた時、ページから立ち上ってくる言葉のにおいだった。

本来なら備品が紛失した場合、上司に報告して補充するのが決まりになっていたが、本をバスタオルや避難経路図と同等に扱うのは何となく落ち着かず、型通りの処理をする気になれなかった。千冊のうちの一冊が消えても、きっと誰も気づかない。迷惑をこうむるわけでもない。私は両隣の本を寄せて、そっと隙間を塞いだ。どこにも不自然なところはなかった。そこにあった本は、どうしてもそれを必要としている人の手元へ移動したのだ、Bの望みがかなうよう、自分が手助けしているのだ、という気持になれた。こうして書棚の秘密は私とB、二人だけのものになった。

「遠慮なく食べなさい」

主任さんは言った。会話が途切れるといつも気前よく、彼女は食べ物をすすめてくれた。マッサージ部の控室の机には、わざわざ主任さんが家から持ってきた、お手製のミックスサンドイッチが大皿に盛られている。

「しっかり食べ込んでおかないと、仕事にならないからね」

そう言いながら彼女自身はお皿に手をのばす様子もなく、仮眠用ベッドの上でヨガに励んでいた。星の運行に呼応して体を伸び縮みさせ、宇宙の時間に体内時計を合わせて寿命をのばすという、我流で編み出したヨガだった。

「今日は暇そうですね」

「全く、冴えないよ。昨日は中心網膜何とか学会があって、目医者さんばっかり数えきれないくらいマッサージしたんだけど」

主任さんの左足は首に回され、右足はくの字に折れ、膝と乳房の間に頭が挟まって、背骨は極限まで湾曲していた。腕はふくらはぎと絡まったり、体が解《ほど》けないためのつっかえ棒代わりになったりして、もはやどちらが右腕でどちらが左腕か区別がつかなくなっていた。

「何座ですか?」

「小熊座」

「ああ、なるほど」

しかし私には何のポーズか分かったためしがなかった。どれもただ、両手両足が無闇に絡まり合っているだけのことだった。

「さあ、今のうちだよ。遅番の連中が来たら、あっという間になくなっちゃうんだから」

そんな体勢でも主任さんの声はくぐもったりせず、はっきりと聞こえた。

「はい、ありがとうございます」

私は一切れ、サンドイッチを手に取った。

休憩時間、客室係ではなく、マッサージ部の控室へお邪魔し、五十年に及ぶキャリアの中で出会ったお客さんの話を、主任さんにあれこれ聞かせてもらうのが私の息抜きになっていた。腕のいい主任さんは多くの常連客から贔屓《ひいき》にされ、いつしかロイヤルスイートに泊まるＶＩＰは彼女が担当する、というのが暗黙の決まりになっていた。しかし私たちがロイヤルスイートで顔を合わせる機会はなかった。主任さんはお客さんたちの肉体を相手にし、私はその痕跡をたどる。同じ客室でも、持ち場が別々だった。

私が一番好きなのは、主任さんが決してお客さんの悪口を言わないところだった。たとえどんなに世間で評判の悪い有名人であっても、何かしら美点のにじみ出るエピソードを語った。

「首の後ろ、髪で隠れたところに、息子さんの名前を入れ墨してた。事情があって、会えないんだって。そこには触らないでちょうだい、って言われた」

「乱暴者だって噂だけど、寝息が可愛らしかったよ。小さな音楽みたいで。そっと耳を寄せて、いつまでも聴いていたかった」

「お金を払う時の、お札の扱い方が清潔なの。受け取る人への敬意ってものが、指の表情に出てたわね」

主任さんにマッサージを受けたお客さんは皆、良き人々になった。

ベッドが軋《きし》んでいると思ったら、ポーズが変更になる途中だった。両手足、頭、首、腰が自在に位置をずらし、角度を変え、組合せを新たにして次の星座に生まれ変わろうとしていた。

「牛飼い座」

今度はあらかじめ主任さんが教えてくれた。

その間私は、手に持ったサンドイッチをじっと見つめていた。パンはふかふかで、断面は真っ平らで、そこから胡瓜とトマトとマヨネーズがのぞいていた。それを作っている主任さんの手を、私はありありと思い浮かべることができる。働きものの手は、おやつを作る時にもその勤勉さを発揮する。片手に食パンをのせ、まんべんなくマヨネーズを塗る。野菜を並べ、もう一枚パンを重ね、馴染《なじ》むように上から押さえつける。指先がパンの表面に埋もれ、小さな窪みをこしらえる。

長年、圧力に耐えながら、数えきれない種類の体温、汗、脂肪、粘液を吸い取り続けてきた指先は、関節が反り返り、ぼってりと厚みを増し、既に指紋をなくしている。他人の体に尽くすための形に、変形している。

「もうすぐ完成。あとは、足首を脇の下に通せば……」

主任さんは最後の仕上げに苦心しているようだった。正直なところ、小熊座とどこがどう違うのかよく分からなかったが、私は黙ってうなずいた。

「この足首がね、牛飼い座の先端、一等星の恒星になって……」

私はサンドイッチを口に運んだ。食パンの表面にはまだ、主任さんの指の跡が残っている気がした。その窪みごと一緒に飲み込んだ。

「春の宵に出る星座っていうのが、味があっていいと思わない？　紀元前千二百年にはもう発見されてたんだって。その頃にも牛飼いがいたんだねえ」

主任さんの指は今、牛飼い座になるため、耳の裏と肩甲骨の縁をつかんでいた。

ロイヤルスイートの書棚から消えたのは、ガルシア＝マルケス『無垢《むく》なエレンディラと無情な祖母の信じがたい悲惨の物語』だった。ロイヤルスイートが紹介された雑誌の写真を、虫眼鏡で子細に観察し、どうにか突き止めることができた。同じものを手に入れてみれば、長々しいタイトルとは裏腹に、残されていた隙間に見合うごく薄い本で、見た目も地味だった。更に内容は救いようもなく暗かった。若手ハリウッドスターに相応《ふさわ》しい華やかな本はいくらでもあるのに、なぜこの一冊が選ばれたのか不思議な気がした。

それから私はビデオ屋で借りたBのデビュー作を初めて観た。『無垢なエレンディラ……』を読んで再びビデオを観直した。映画、本、映画、本。それを何度か繰り返した。どうしてもそうせざるを得ないほどに、Bは美しく、エレンディラは悲惨だった。

Bの美しさは暴力的でさえあった。見るものから声を奪い、呼吸を奪い、命さえ吸い取られるのでは、という幸福な錯覚を呼び起こした。本人はそれを誇る気など微塵もなく、むしろ持て余し、不貞腐《ふてくさ》れていた。あの、象が移動した道をたどるシーンに、Bのすべてが表れ出ていると言ってよかった。

エレンディラもまた移動する少女だった。自らの過ちで火事を起こした償いに、祖母に命じられるまま、砂漠を転々としながら体を売るのだ。「くたくただわ」、「わたし死んじゃう」。祖母の差配によってテントの外に列を成し、順番を待つ客たちの前で、彼女の涙声が報われることはない。

ようやく一日の義務を果たし終え、ロイヤルスイートに帰り着いたBが、書棚の前に立つ様子を思い浮かべてみる。騒々しいシャッター音のなか、熱烈に歓迎され、同じ質問に延々と答えさせられ、疲れ切ってしまったBだ。もはや、華々しいものにはうんざりしている。サイドテーブルのスタンド以外、部屋の照明は大方消され、窓の向こうから届く街の明かりが背表紙をうっすら照らしている。彼は一つ息を吐き出し、半ば目を閉じる。その時、視界の隅に、一冊の本が忍び込んでくる。一切の言葉も合図もなく、ただ無言だけが彼らを結びつける。

最初の一ページを開いた途端、Bの心は川沿いの道へ向かう。象をお手本に、露に濡れた下草を踏み締め、夕暮れの中を歩いてゆく。つぶやいていた祖母のお話が、いつの間にかエレンディラの物語にすり替わっているのに気づくけれど、どちらでも別に変わりはないのだと分かって、戸惑いもしない。

途中、エレンディラは小型トラックに鳥籠を積んで運ぶ若者、ウリセスに出会う。

「翼はどこに置いてきたんだね？」と祖母が思わず尋ねてしまう、闇の中でも姿が見えるほどの美青年。天使と彫刻がここで交差する。翼を置き忘れた天使は、肉包丁を祖母の胸に突き立てる。

緑の血に汚されながら、エレンディラを祖母の呪縛から解き放ったウリセスの気配を、Bは背中に感じる。濡れた冷たい血の感触が、ジャンパーから伝わってくるのを、押しとどめることができない。
　これほどの犠牲を払ってくれたウリセスを振り返りもせず、エレンディラは駆けだす。祖母と旅した何倍もの距離を、移動してゆく。背中の感触を払い落すように、Bはひたすらエレンディラの後ろ姿を追う。象とエレンディラとB、彼らの足跡が重なり合う。夜が更けてもなお、Bの手には一冊の本が開かれている。

　ちょうど一年後、再びBが宿泊した時に消えたのは、コンラッドの『闇の奥』だった。はっきりした理由は自分でも説明できないままに、書棚を見る前から、きっと今度も本が持ち去られているだろうという予感がしていた。部屋には前回と同じにおいが残されていた。今度は左手斜め上、ソファーにのって背伸びをしなければ届かない位置だった。二人の秘密が継続されたことに満足を覚えながら、私は隙間に手を入れた。暗がりの中に指先が優しく吸い込まれていった。そこはただの空洞ではなく、Bの伝言が刻まれた遺跡であり、見ず知らずの二人を結ぶ地下茎だった。

遺跡を発掘し、伝言を解読できるのは、私より他に誰もいなかった。『無垢なエレンディラ……』同様、『闇の奥』も図々しく出しゃばらない、慎ましやかなたたずまいをしていた。おかげで隙間をふさぐのにも苦労せずにすんだ。私は『闇の奥』を本屋さんで買い、すぐに読んだ。一回ではよく理解できず、何度もページをめくり直した。そうするのがBに対する礼儀だという気がして、本文だけでなく、目次からコンラッドの年譜、奥付に至るまで、本に書いてある文字すべてを読んだ。続けてBの出演作を手当たり次第に鑑賞した。仕事が終わってアパートへ帰ると、ほとんどの時間をそのことに費やした。

私は『無垢なエレンディラ……』と『闇の奥』を自分の机の上に並べて置いた。背表紙を眺めながら、Bの手元にある二冊と、ロイヤルスイートの書棚の空洞がイコールでつながり合っているのを確かめた。私の部屋には他に本らしい本はなかった。ロイヤルスイートを離れ、見すぼらしいアパートの一室に連れて来られても、二冊は不満そうにもせず、それどころかようやく隣同士になれて安堵したといった様子で、肩を寄せ合っていた。

最後は必ず、デビュー作の開始十八分四十秒、川沿いの道を歩くシーンを観ると決めていた。遠ざかってゆく彼の背中に向かい、「おやすみなさい」と、声にならない声をかけてから眠った。

映画がどれも、Bの美しさを眺めているだけで満足できる内容なのに比べ、本は二冊とも重苦しく、ややこしかった。私に理解できるのは、『闇の奥』もまた主人公のマーロウ船長が移動してゆく物語だ、ということだけだった。消息を絶った象牙商人を探すため、マーロウはコンゴ河の奥、〝船で行ける一番遠い地点〟を目指す。それは河を行きながら同時に時間を遡り、〝血の奥地〟へ近づくような旅となる。途中、鉄の首輪をはめられ、一本の鎖でつながれた黒人たちが、小道を登ってゆくのに出会う。柵の杭一本一本に、黒く干からびた生首が突き刺さっているのを目撃する。縮んだ唇から歯がのぞいているせいで、彼らは皆、微笑んでいるように見える。〝永遠の眠りの中で何か滑稽な夢を果てしなく見ているかのよう〟な笑みを浮かべている。ひとときも留まらない河の流れとは裏腹に、両岸の密林には、〝沈黙と不動〟が満ちている。

これでBの道案内に、象と無垢なエレンディラの他、もう一人マーロウ船長が加わった。ファンの黄色い声援も、共演女優とのかりそめの遊びも、高額のギャラも、彼の慰めにはなってくれない。むしろそうしたもろもろを払いのけるようにして、Bは書棚の前に立ち、本当に正しい位置を指し示してくれる明かりを探す。広い夜空で何億年と瞬き続ける、牛飼い座のようなその光で、闇の奥を照らす。杭の上で微笑む奴隷たちに、祈りを込めた目配せを送る。

私が目にできるのはBの背中だけだが、別に残念がることはない。何分何秒のところで髪がどんなふうになびくか、つぶやく声のトーンがどう変わるか、私は全部知っている。象を追う彼の視線が、エレンディラの逃げた砂漠の先、コンゴ河が途絶える密林のずっと向こうまで届いていると、よく分かっている。

「主任さんも召し上がればいいのに」

その日の控室には、ガラスの器一杯にフルーツポンチが用意されていた。透き通った砂糖水の中に、色とりどりの果物が浮かんでいた。

「いや、私はいいの」

相変わらず主任さんはヨガのポーズを決めるのに忙しいようだった。時折、ベッドのスプリングが軋むのと一緒に、どこかの関節がポキポキ鳴っているのが聞こえた。

「仕事が終わったあと、アイスを食べることにしてるから」

「フルーツポンチも、とっても美味しそうですよ」

「両方だと、お腹壊すでしょ？　冷たすぎちゃって」

両脚は背中の下に折り畳まれ、顎《あご》は鎖骨の間に納まり、お尻が天井を向いていた。これは何座だろうかと考えながら、私は主任さんの顔が埋もれているあたりに向かって話しかけた。

「ポーズは全部で何種類くらいあるんですか？」

「無限」

すぐさま答えが返ってきた。

「星が数えきれないのと同じよ」

「ああ、なるほど」

私はフルーツポンチを一杯、小鉢によそった。

「そもそも人の体は、無限を表せる形にできてるの」

スプーンで小鉢の中をかき混ぜると、砂糖水と一緒に果物たちも回転した。銀杏の形をしたリンゴやパイナップルや梨の切り口からは、主任さんの巧みな包丁さばきが見て取れた。指先に凝縮された五十年分の肉体の記憶が、一個一個の切り口に染み込んでいた。

「通用口を出てすぐの、地下鉄の入口。あそこにアイスの自動販売機があるの、知ってる?」

私はうなずいた。

「いつだったか、仕事の終わり、始発が来るまでガードレールに腰掛けてアイスを食べてたら、朝帰りとは結構なご身分だねって、道路工事のおじさんに声をかけられたの。一晩中働いた帰りです、と文句を言って以来、おじさんと一緒にアイスを食べるのが、約束みたいになって……」

いよいよポーズは完成に近づきつつあった。最後、骨盤をもう一ひねりして、尾《び》てい骨《こつ》を安定した支点に持っていこうとしているところだった。

「夜勤明け同士、お互いご苦労さまって感じ。二、三日姿が見えないと心配になったりするから、まあ、できるだけ私も、お付き合いしているわけ」

「素敵な人なんですか?」

「とんでもない」

勢いよくお尻を振って否定したせいで、危うくバランスが崩れかかった。

「ヘルメットを被った、ただのおじさんよ。別に、奢ってくれるわけでもないし」

絡まり合う体の奥から、「ふ、ふ、ふ」という笑い声が漏れてきた。

「そうですか……」

どう返答していいか分からないまま、私はフルーツポンチを食べた。アイスと同じくらい、よく冷えていた。

その自動販売機は私も目にしていたが、買って食べたことはなかった。着色料で染まった、甘ったるい棒付きアイスを売っている自動販売機だった。

「はい、完成。アンドロメダ座」

それはいつもにも増して複雑な形をしていた。体中の筋が引き延ばされ、脂肪が圧縮され、関節が極限まで屈折していた。星からの信号を取り入れるため、主任さんは深呼吸をはじめた。

まだ夜も明けきらない早朝、道路工事のおじさんと並んでガードレールに座る主任さんの姿を、私は思い描いた。互いの名前を尋ねるでもなく、共通の話題を探すでもなく、二人は黙々とアイスをなめている。一晩中、道を掘り起こし、他人の肉体をほぐしてきた二人の手は疲労しているが、今はただ無心にアイスの棒を握っている。自分たちの舌が、アイスと同じ色に染まっているのにも気づかない。地下鉄が走り出すまで、もうしばらく時間がある。

おじさんの方が先に食べ終わる。手慣れた感じで、自動販売機の脇のゴミ箱に棒を投げ込む。主任さんを急かせないよう、ゆったりと脚を組んで空を見上げる。ビルの間から少しずつ広がってゆく朝靄《あさもや》が、星を遠ざけようとしている。

「ほら、いつかの、国務長官の話をして下さい」

深呼吸が収まるのを待って、私は言った。何度でも同じ話をしてもらうのが私は好きだった。特に、強面で有名なその政治家のエピソードは、お気に入りのベストテンに入っていた。

「はいよ」

アンドロメダ座から主任さんは語ってくれた。独裁者の手を逃れ、東欧の小国から亡命してきた一家。船を下りた時、喋ることのできた言葉はたった二つ、ありがとう、とさようならだけ。印刷工場で働くお兄さんに援助してもらい、一族で初めて大学に進学した弟。わざわざマッサージを中断し、背広の内ポケットに入れていつも大事に持ち歩いている兄の写真を、国務長官は主任さんに見せる。自分よりずっと偉大な、真に称えられるべき人物が兄であるということを、満足に言葉も通じない、二度と会う機会もないだろうマッサージ師に自慢する。テレビの前では決して見せない笑顔を、国務長官は主任さんに向ける。それと瓜二つの顔が、写真の中にいる……。

遠い星から届く物語は、枕元で聴くおばあさんのおとぎ話に似ている。例えばBが暗記している、象の移動のお話のように。

主任さんのアイスもあと残りわずかだ。それでも名残惜しそうに、ほとんど棒だけになったそれをなめている。ガードレールに座る彼女の姿は、ヨガのポーズを決めている時よりも更に小さく見える。本当はこの人は、お客さんから何かを吸い取っているのではなく、自らの肉体から何かを差し出しているのではないだろうか、という気がしてくる。

主任さんがアイスを食べ終える頃には、朝日がうっすら射しはじめるだろう。星はすっかり見えなくなってしまうが、心配はいらない。朝靄の向こうで彼らは、正しい場所へと移動を続けている。

「じゃあ」

「また」

冷たく変色した舌であやふやな挨拶を交わし、満足に顔も見合わせないまま二人は別れてゆく。地面の下のどこか遠くで、地下鉄の音が鳴っている。

Bがロイヤルスイートに宿泊したあと、書棚の本が一冊ずつ消えてゆくのは、私たちの間で揺るぎない約束事になっていった。一年か二年に一度、Bはやって来た。間隔は気まぐれで、一か月も間を置かずに予約が入ったかと思うと、丸一年以上音沙汰がなく、不安を感じはじめた頃にまた、ポツリと一泊する、という具合だった。

アントニオ・タブッキ『インド夜想曲』、アラン・シリトー『長距離走者の孤独』、サン゠テグジュペリ『夜間飛行』。毛色の変わったところでは、推理小説もあった。アガサ・クリスティ『オリエント急行殺人事件』。大人向けばかりとは限らない。合間に子ども向けの童話が差しはさまれ、不意を突かれる。アンデルセン『絵のない絵本』、ライマン・フランク・ボーム『オズの魔法使い』、ケネス・グレーアム『たのしい川べ』。

毎回、必ず一冊ずつだった。二冊以上になることも、零冊の場合もなかった。その規則は律義に守られた。そして言うまでもなく、どの本も誰かがどこかへ移動してゆくお話だった。僕は友人を探すためインド中をさ迷い、感化院へ送られたおれは、この世で最初の人間になった気分で走り続け、操縦士は雷雲の中、夜間飛行を強行する。竜巻に吹き上げられる少女もいれば、ネズミの手を借りてボートに飛び乗るモグラもいる。殺人犯を乗せた寝台列車が雪で立ち往生する間、時空を超えて運行する月が、絵本のためのお話を聞かせてくれる。

これだけの本が消えても、書棚にはまだ空洞を隠すだけの余裕が十分にあった。先輩に疑いを持たれることは一度としてなく、そうこうしているうちに自分自身が先輩の立場になり、もはや書棚を清掃するのに誰に遠慮もいらなくなった。書棚に隠された空洞と同じ分だけ、私の机に本が並んでゆくのを見るのは何よりの喜びだった。一冊ずつ本が加わるたび、Bからの伝言は密度を増していった。遺跡に刻まれた彼の声は、もうほとんど私のすぐ耳元で響いているも同然だった。

その間、Bは青年時代を卒業して男盛りを迎え、悪役に挑戦したり、新人監督の低予算作品に出演したりしながら、少しずつ役柄の幅を広げようとしていた。しかしどんな役を演じていても、なお瞳に残る、象の足跡を追う青年の面影は消しようがなかった。砂漠や密林や竜巻の中に案内人を探そうとする、心もとなげな瞳だった。

いつしか私は、この次消えるのはどの本か、自分なりに予想を巡らせるようになった。書棚の何段めにどんな本が並んでいるか、すっかり頭に入っているおかげで、たとえロイヤルスイートの清掃中でなくても、夜、目を閉じたあとであっても、予想に没頭することができた。既に雑誌の写真を虫眼鏡で覗《のぞ》く手間はかからなくなっていた。

「……これかな……」

まぶたに映る書棚を見つめ、じっくり考えたうえで、私は一冊の本を抜き取る。そこにあるほとんどすべての本の中身を知らない私にとって、ヒントになるのは、タイトルと、手に取った雰囲気と、ページをぱらぱらめくった時の勘だけだ。

「いや、違う。こっちかもしれない……」

私は別の棚の、別の一冊に視線を移す。観葉植物の葉陰に隠れたり、分厚い本に挟まれて奥に引っ込んだりしている、目立たない本には特に注意を払う必要がある。Bに相応しいのは、遺跡の奥に取り残され、誰にも振り向いてもらえず、心細げに震えている本なのだ。

Bの瞳に、私は問いかける。答えが返ってくるのは、一か月か、一年か、いずれにしてもずっと遠い先だと承知している。でも長い時間に隔てられているからこそ、二人の秘密は特別に保たれている、という気分になれる。宇宙の時間を生きる隣り合わせの星座のように、私たちは問いと答えをやり取りする。

しかし残念ながら、予想が当たったことは一度としてなかった。私はいつでも、Bにしてやられた。いくら何でもこれは当たり前すぎるだろうと、油断しているうちに裏をかかれたり、どちらか迷って切り捨てた方が選ばれたり、あるいは、一体どこからそれを……と唖然とするような一冊が、正確には空洞が、差し出されたりした。その暗がりの中に、Bのウインクが見えた。恥ずかしそうで、少し得意げなウインクだった。間違いなく合図を受け取った印に、私は彼が持ち去ったのと同じ本を買い、そのページを開いた。移動し続ける彼の邪魔にならないよう、後ろからそっとついて行った。

Bは栗色の髪をしていた。青味を帯びた瞳によく似合う、柔らかい色合いの髪だった。

デビュー作では、長めにのばして真ん中で分けた前髪が、何かの拍子に額にはらりと一筋かかるのが好きだった。そんな一瞬でさえ、彼の美しさのために何ものかが差配したのか、と思わせる緊張があった。アイスホッケーの花形選手を演じた時は、短髪の毛先がピンピンと跳ねていた。防具を脱いだあと、無造作に頭をかきむしっても、その髪型は乱れなかった。海兵隊員の時は丸刈り、弁護士役ではオールバック、開拓民の時は肩まで届く長髪を一つに束ねていた。当然ながらBも、ロイヤルスイートに髪の毛を落としていった。書棚の本とは正反対の、無意識の痕跡だった。

それを見つけると、作業着のポケットにこっそり忍ばせた。書棚を通してこれほど親密にやり取りを交わしている者同士なら、髪の毛を持ち帰るくらいのことは許されるはずだ。掃除機で吸い取るかポケットに入れるかの違いだけで、別に規則違反を犯しているわけではない。そう、自分に言い聞かせた。

ソファーの背もたれに、洗面台の下に、枕カバーに横たわるそれを、私はつまみ上げ、床にひざまずいたまましばらく見惚れる。本当に彼の髪かどうか、長年にわたる移動の旅につき従ってきた私には、容易に区別がつく。万が一、別の誰かのが混ざっていれば、すぐさま指先が反応する。何と言っても私たちは、同じ本をめくり、穢《けが》れた血を拭《ぬぐ》ってくれる砂漠の果てや、魔法使いの住むエメラルドの都を目指して歩みを進めた者同士なのだ。ページの手触りとにおいが、Bの髪の記憶を呼び覚ましてくれる。

私はつまみ上げたそれを、大きな窓から差し込んでくる光にかざす。抜けた髪というものはすべてそうなのか、刻々と色は失われて透き通って見える。ついさっきまでこれは、Bの一部だった。紛れもなく彼そのものだった。考えたくなくても、私はそう考えてしまう。油断するとすぐ光に紛れて消え入りそうな一本の髪を、私は握り締め、胸に引き寄せる。根元から毛先まで、指先を這わせる。川面から吹く風に乱され、額に垂れかかる一筋の前髪を、象の足跡がよく見えるよう、元に戻してやる。客室係にのみ与えられた特別な許しに耽《ふけ》る。

収集品は十本ずつ束にして、名札の裏側に仕舞った。厚みなどいくらもないはずなのに、名札を上から触ると、ちゃんと気配が感じられた。私は名札の裏側を主任さんにだけ見せた。

「まあ、何て美しい髪」

と、主任さんは言った。

「曲線が重なり合って、まるでレース模様みたいだね。どんな絹糸にだって描けない模様だよ」

やはり主任さんは美点を挙げる天才だった。そのうえ、これが客室から拾い集めた髪だと知っても、理由を尋ねようとはしなかった。マッサージ師だけが知るお客さんの素顔があるのと同じように、客室係には客室係の秘密があるとよく心得ていた。

「こういう髪をした人が自分の子どもだったら、きっと幸福になれるだろうねえ」

主任さんは名札を表向きに直し、制服の左胸に留めてくれた。主任さんに子どもがいるのかどうか、私は知らなかった。彼女の口から聞いたことがあるのは、お客さんの他は、道路工事のおじさんについてだけだった。

「はい、そう思います」

Bが主任さんに頭を撫でられている姿を想像しながら、私は言った。主任さんの指先が栗色の髪の上を滑るだけでもう、Bは良き人々の仲間だった。

「さて、今日はどのポーズにしようかねえ……」

主任さんは仮眠用ベッドによじ登った。

「国務長官の話をして下さい」

私は言った。

「また?」

呆れつつも主任さんは咳ばらいをし、喉の調子を整えた。

「よく飽きないねえ」

「ええ。マッサージを中断して、写真を取り出すくだりが好きなんです」

話しはじめると同時に主任さんは、両脚の土踏まずを合わせ、膝をくの字に曲げてその間に上半身を挟み込んだ。たちまち体は三分の一ほどに縮んだが、声は澄み渡った夜空に響くようにはっきりと聴こえた。

Bの人気は明らかに下り坂を迎えていた。役柄の幅を広げる試みはどれも大成功とは言えず、もたついている間に若手が勢いを増し、迷走が続いてヒット作から遠のいていった。一旦袋小路に入り込むと、あれほどファンを魅了した美しさはむしろ足かせになった。大理石の彫刻が永遠ではないと気づき、まるで裏切られたかのような錯覚に陥った人々にとって、Bはもはや、失われてゆく美の残骸でしかなかった。

やがて新作映画の話題より、私生活のトラブルを伝えるニュースの方が目立ちはじめ、その内容もエスカレートしてゆくばかりだった。私はできるだけゴシップ雑誌の類が目に入らないよう気をつけた。ただ黙々と客室を清掃する任務だけに集中した。新しい映画が公開されなくても、私とBの間には共通の本があった。ページさえめくっていれば、彼の足音を耳にすることができた。

Bが最後に宿泊したのは、新設された映画祭のゲスト審査員に招かれた時だった。直前に婚約者への暴行疑惑が持ち上がって騒動になったものの、うやむやのうちに予定通りの参加となった。初めての宿泊から、既に三十年以上が過ぎていた。

部屋の様子は、人気絶頂の頃から何一つ変わっていなかった。暴力やアルコールの気配はなく、几帳面で、清潔で、穏やかだった。残される痕跡は、せいぜいバスローブが一枚、クッションの移動が一つ、あとは数本の髪と、本のにおいと、書棚の空洞、それだけだった。Bは私との約束を忘れてはいなかった。消えたのは、スタインベックの『怒りの葡萄《ぶどう》』だった。

最初、空洞がこれまでになく広かったため、二冊持ち去られたのかと一瞬だけ誤解したが、すぐに上下巻で一つの作品なのだと気づいた。長年順守されてきた規則が破られなかったことに安堵し、私はいつもにも増して慎重に暗がりを塞いだ。もちろんその時は、これが最後になるとは気づいていなかった。

読みはじめてすぐ、なぜこんなにもBに相応しい本を今まで見逃していたのか、自分でも不思議に思った。さほど厚みのない、控えめな本ばかりに気を取られていたのが落とし穴になった。『怒りの葡萄』は『無垢なエレンディラ……』が消える前から変わらず、書棚の中央で堂々と、私たち二人を待ち続けていたのだ。

仕事を終えて帰宅した夜、私は一人、本を開いた。表紙をめくると同時に、Bが残してゆくいつものにおいが微かに鼻をかすめるけれど、もしかしたら気のせいかもしれない。主任さんに軽食を分けてもらったおかげで、お腹は空いていない。夜が更けるまで、好きなだけBの後ろ姿を追いかけてゆくことができる。

洗剤や消毒液や研磨剤のために私の手は、私自身よりも早く老いてしまっていた。ロイヤルスイートには不似合いだが、そこを清掃するにはうってつけの手だった。甲は染みだらけで、指紋と皺が一続きになり、クレンザーと同じ色に変色した爪は、いつの間にかのびなくなっていた。そんな指で私はページをめくった。

最初の数ページはいつも緊張した。もしBをそこに見つけられなかったらどうしよう、という不安に怯えた。しかし『怒りの葡萄』は大丈夫だった。読みはじめてほどなく、自分では動けない植物がどういう知恵を使って種を遠くへ運ぶか、描かれている章に行き当たったからだ。一匹のリクガメが草原を歩いている。何かの拍子に体と甲羅《こうら》の間にカラスムギが挟まる。どこへ向かおうとしているのか、そのリクガメ以外、誰も知らない。途中、思いがけずトラックに引っ掛けられ、転がって逆さまになる。カラスムギが一粒、砂埃の中にこぼれ落ちる。そんなことには気づきもしないまま、カメは忍耐強く手足をバタバタさせて体を元に戻し、再びのろのろと歩みはじめる。

一見、物語の本筋とは無関係な小さな章を、私は何度も読み返した。象の道を歩くシーンと同じく、この章も特別なものになると、すぐに分かった。これはBからの合図だった。彼から託された無言の痕跡を、リクガメのように行き着くべき場所まで運ぶ、客室係に捧げられた感謝の合図だった。

砂埃の舞う国道を、改造トラックに乗ったある家族が走っている。トラックには家財道具一式と、捌いて塩漬けにした豚肉が積まれている。砂嵐による不作のため農地を追われた一家十三人は、新しい土地を求め、ひたすら西へ西へと移動してゆく。途中、老いた者は倒れ、葬儀をするお金もなく共同墓地に埋葬される。兄のノアと義弟は将来に見切りをつけて早々に姿をくらまし、次男のトムは暴力事件に巻き込まれる。移動しても移動しても、まともな仕事にはありつけない。差別され、搾取され、使い捨てにされるばかりだ。

太陽も空も砂に覆われ、未明か黄昏《たそがれ》かも区別のつかない世界の中に、Bは立っている。ただ一筋の道だけが視界を貫いている。道がどこからはじまって、どこへ行き着くのか、そのささやかな視界にはとても収まりきらない。けれどかつて出会ったあらゆる移動のための道もそのようであったのだから、戸惑いはしない。

目的地の見えない不安に耐えながら、Bはトラックの轍《わだち》を追う。残り少ない食料を分け合い、窮屈な荷台で一塊《ひとかたまり》になっている一家の声に耳を澄ませる。

「めげてる余裕はないんだ」

と、母が言う。

一家の中でただ一人名前がなく、皆から母ちゃんと呼ばれている彼女の声が、Bを鼓舞する。

「行くしかないなら行こうよ」

再びBは歩きだす。自分では何も気づかないまま、甲羅の隙間に挟まった一粒のカラスムギをどこかへ運ぶリクガメのように、私はBの後ろ姿を追いかけて行く。

映画界からBが姿を消して何年にもなる。大理石の彫刻は落下し、粉々に砕けたのだと、世間からはみなされている。ホテルに宿泊の予約が入ることも、もうない。いよいよ仕事がきつくなってマッサージ部を辞めた主任さんは、すぐその翌月、何座かは分からないが、望み通り本当の星になった。ホテルは小さな改装を重ね、マッサージ部の控室は取り壊されたが、ロイヤルスイートの書棚は変わらず同じ場所にある。

仕事の帰り、ふと思い立つと、地下鉄の入口の自動販売機でアイスを買い、ガードレールに腰掛けて一休みした。アイスをなめながら星を見上げ、主任さんが聞かせてくれたお客さんたちの美点についての話を、あれこれ思い出した。

今頃Bはどうしているだろう。時折、私は考えた。特に、ロイヤルスイートの清掃中、書棚がぴっちりすべて埋まり、どこにも空洞がないのを目にする時、不意を突かれることが多かった。私は名札の裏側に手をやり、気持を鎮めた。そしてアパートに帰って、デビュー作の十八分四十秒のシーンを巻き戻し、机に並ぶ本に手をのばした。

どれほどBが落ちぶれようと、世間から蔑《さげす》まれようと、彼がいかに困難な道にも怯《ひる》まない勇者であるか、私は知っている。元妻も婚約者も雑誌記者もファンも知らない、ただ客室係にのみ託された秘密を、私は守り続けている。彼は転落したのではない。象や無垢な少女や船長や、一家の名もない母に導かれ、行き着くべき場所に向かって、今も移動を続けているのだ。

ダイアナとバーバラ

「わかります、わかりますよ」

というのがバーバラの口癖だった。表向き、ほとんどそれ以外の言葉は発しない、と言ってもいいほどだった。

口調はどこまでも穏やかで、押しつけがましくなく、思慮深かった。相手に応じて表情と仕草は細やかに変化し、ニュアンスにいっそうの奥行きを与えた。ある時は深々としたうなずきに微笑が添えられ、またある時は相手の背中にひっそりと掌《てのひら》があてがわれた。ほんの短いその一言から、人々は実に多くのものを受け取った。孤独を慰める人もいれば、自信を回復する人もいた。自分は何ものかに許されているのだと、厳《おごそ》かな気分に浸る人さえあった。

バーバラは市民病院の一階ロビーで案内係をしていた。何科を受診したらいいのか分からずにいる新患や、本館と別館を間違えて混乱している見舞いの人や、保険証を落として途方に暮れている外来患者を、適切な場所へ案内するのが仕事だった。

病気と関わりを持ち、そのうえ困った事態に陥っている人々は、ざわめくロビーにたたずむ彼女の姿から直感的に何かを察知し、気づいた時には、見ず知らずの案内係に向かって心の内を吐露していた。自分でもなぜこんなことを喋っているのか分からない、という表情を浮かべながら、ロビーを移動するわずかな触れ合いの中、その短さには到底おさまりきらないはずの自らの事情を打ち明けた。

病院の休憩室では同僚たちが愚痴をこぼし、噂話をし、子どもの自慢話をした。団地の階段ですれ違う隣人からは、延々と誰かの悪口を聞かされた。彼女は辛抱強く耳を傾けた。なおかつ、辛抱している、とは欠片《かけら》も相手に感じさせなかった。ただそうした人々が皆彼女の友だち、というわけではなかった。それとこれとは別だった。逆に、友だちはいないと言ってよかった。休日に誰かと待ち合わせて流《は》行《や》りのレストランへ行く、一緒にお芝居を観る、記念日に贈り物をやり取りする、電話で無駄話をする……。そんなありふれたもろもろとは、縁遠かった。ごくまれに彼女の部屋に来訪者があったとしても、その人は自分のことで頭が一杯だった。

「わかります、わかりますよ」

バーバラは言った。ただそれだけでその人は満足し、ここまで来た甲斐があったとでも言いたげな様子で去っていった。結局、バーバラがその一言以外にはほとんど喋っていないことになど、気づきもしないままだった。

しかし本人は別段、不本意に思ってはいなかった。むしろ満足を味わっているくらいだった。これは自分を上手くコントロールした証拠であり、望んだとおりの成果なのだと自負していた。

「英国王室のやり方だね」

たった一人の孫娘に向かって彼女は言った。

「いくら大勢の人間がいようと、見ず知らずの間柄だろうと、他の誰でもない、あなたのためだけを思っているんですよとたちまち相手に錯覚させる、一番手っ取り早い方法がこれなんだ」

「そうなの？」

読みかけの本から顔を上げ、孫娘はいかにも感心したように目を見開いた。

「そうだよ。皇太后も女王も殿下も、皆この方法を使ってる。ああいう人たちは、まんべんなく誰にでもいい印象を与えなくちゃならないからね。余計なエネルギーを消耗せず、かと言って偉そうにならない、絶妙の親密さを醸し出す。そのためにはちょっとした技術が必要なのさ」

「バーバラもそれを習得してるの？」

孫娘の問いかけに、彼女は大げさにうなずいてみせた。そして、
「もちろんダイアナ妃もだよ」
と付け加えるのを忘れなかった。

十二年前、初めての孫が生まれた時、彼女は自らバーバラと名乗るようになった。ついさっきまで羊水に浮いていた、髪も睫毛《まつげ》もまだ濡れている柔らかすぎる塊《かたまり》を抱きながら、赤ん坊の泣き声に紛れ込ませるようにして、そっとその名をつぶやいてみた。やがて思いがけず、すんなりと唇に馴染《なじ》むのを感じ、彼女は確信した。英国王室の流儀に従えば、明らかにバーバラはうってつけの名前である、と。

しかし孫娘を抱っこできた回数は、さほど多くなかった。一歳の誕生日が来る前に、息子夫婦が離婚し、母親に引き取られたからだった。むごたらしい離婚のいきさつが尾を引いて、同じ町に暮らしていながら、様子を窺《うかが》えるのはごくたまに息子から送られてくる、写真だけになってしまった。

孫娘が初めて一人で自転車に乗り、祖母の住む団地を訪ねて来たのは、十歳になってすぐの春休みだった。

「バーバラ」

薄暗い玄関に立った少女は、ごく自然にその名前を口にした。泣き声に紛れて消え入りそうだったバーバラという響きが、間違いなく二人だけの間に通じ合っていた事実を示すような、もうその発音には十分慣れているとでもいうような、ハキハキとした口調だった。

「私が誰だか知ってる？」

斜め掛けにしたポシェットの中に、自転車の鍵をしまいながら孫娘は尋ねた。彼女はもう、濡れた小さな塊ではなかった。伸びやかな手足と、真っすぐな眼差しと、一つに束ねた黒髪を持つ少女だった。

「わかります、わかりますよ」

バーバラは答えた。それは幾度となく使ってきたいつもの口癖とは明らかに異なる、錯覚とも技術とも無縁の、渾身《こんしん》の肯定を込めた答えだった。

以来、孫娘は一か月か二か月に一度、遊びに来るようになった。とてもしっかりした子で、母親とバーバラの微妙な間柄をちゃんと理解していた。内緒でここへ来ているのではない、母親の了解を得ている、暗くなる前に帰る約束さえ守ればいいと、最も肝心な部分について自ら明らかにする賢明さを持ち、同時に、バーバラの勤務日程を頭に入れ、迷惑にならない日時を選ぶ気遣いもできた。

すぐに彼女は孫娘がやって来る気配を察知できるようになった。団地に続く坂道を走る苦しそうな車輪の軋《きし》み、前籠の中で居心地悪くガサガサ動く本、ブレーキとスタンドを立てる音、チリンと鳴る鍵にぶら下がった鈴。もうそれだけで我慢できずに北側の小部屋の窓辺に立ち、四階分の階段を上ってくる足音が、少しずつ近づいてくるのを待った。

二人は一緒に特別な何かをするわけではなかった。外出はショッピングモールへ買い物に行くくらいで、あとは台所に続く狭苦しい居間兼寝室に閉じこもり、互いの邪魔にならないよう、各々好きなことをした。つまりバーバラは洋裁に精を出し、孫娘はその傍らで、あふれ返る洋裁道具と布地類を押しのけてこしらえた隙間に寝転がり、本を読む。それだけだった。

かつてバーバラの近くには、これほど熱心に本を読む者は一人もいなかった。切れたミシンの糸を掛け直したり、鏝《こて》が温まるのを待ったり、区切りのいいところまで縫い終わって一息ついたりする合間、つい孫娘に視線を送らないではいられなかった。両手に納まるその小さな四角の中に、丸ごとすっぽりのめり込んでいるような彼女の姿が目新しく、また誇らしかった。今、私のすぐそばにいながら、私のいない世界を旅しているこの特別な少女は、血のつながった孫娘なのですと、誰かに向かって自慢したい気分だった。その時こそまさに、「わかります、わかりますよ」と言ってもらいたかったが、自分以上に上手くその言葉を言える人はいないのだと気づき、仕方なく自身に向かってこっそりそうつぶやくのだった。

バーバラに馴染みがあるのはダイアナ妃が載っている本に限られていた。しかも読むというより、眺めると言った方が適切だった。彼女はダイアナの写真を子細に観察し、あらゆる洋服をそっくり再現することに精魂を傾けていた。晩餐会に着用したイブニングから、王子を幼稚園へ送って行く時のブラウスとスカートまで。王室専属カメラマンにより撮影されたポートレート用のロングドレスから、海辺のバカンスを楽しむためのサマーワンピースまで。とにかく例外はなかった。制作の基準は、バーバラが好むか好まないかではなく、ダイアナが身に着けたものならば全部、その一点にのみあった。

洋裁の勉強をした経験はなかったが、それは大した問題にならなかった。技術よりも、常に熱意が上回っていたからだった。千鳥掛《ちどりが》けもバイアス使いの意味も知らないところからスタートし、数々の失敗を重ねながら、誰の教えも受けずに独自のやり方を獲得していった。ほどなく、写真さえ一枚あれば、完全にその一着を再現する型紙が起こせるようになった。袖のふくらませ具合、ギャザーの数、襟の角度、裾の折り返し幅、裏地の厚み……。神経を遣うべき箇所は無数にあった。写真には背中が写っていないことが多く、その場合はダイアナの趣味を考慮して想像を巡らせたり、微かなシルエットの加減から推理を働かせたりした。

デザインと同様に大事なのは、同じ色と模様の生地を手に入れることだった。いくら正確な型紙を作ろうと、色のトーンがほんのわずかずれていたり、水玉の大きさが数ミリ異なったりするだけで、仕上がりに誤魔化しきれない違いが出た。これでよし、と思っても、後日発表された別の写真で、光線の違いからもっと濃い色目だったと気づくこともあり、そんな時は潔くすべてを捨て、最初からやり直した。

バーバラはぴったりの布地を探して町中の生地店を回った。店主がうんざりするのも構わず、次々と棚からロールを引き抜き、光にかざしたり、表裏を何度もひっくり返したりして、それが目指す色かどうか確かめた。もちろん相手はダイアナ妃なのだから、最上等の生地が使われているのは間違いないだろうが、バーゲン品のワゴンや、潰《つぶ》れかけた店の片隅で埃《ほこり》を被っている山の中に目当てのものを発見することもあり、油断がならなかった。

しかし何よりまずは写真がすべての出発点だった。実際、縫製している時間より、天眼鏡で写真を見ている時間の方が長いくらいだった。もはやバーバラは、隠し撮りされてぼやけていようと、上半身しか写ってなかろうと、そこから最大限の情報を得られるようになっていた。ただダイアナを見つめているだけで、ボタンの硬さもファスナーのメーカーもポケットの構造も分かった。風に揺れるスカートの揺らめきを、膝に感じることさえできた。

最初の一着は、生まれたばかりのウィリアム王子を抱いて病院を退院する時に着ていた、ブルーに白い水玉模様の、可憐なワンピースだった。胸元の切り返しからゆったりと広がるシルエットが、まだ完全には元に戻っていないお腹を優しく包んでいる。袖は七分で、アームホールにはタックが寄せてある。赤ちゃんを抱いているために半分隠れてはいるが、V字に開いた襟は真っ白で、合わせ目のところに共布のリボンが結ばれている。初夏の光に照らされた、襟とリボンと赤ちゃんのおくるみの白色が、清らかに調和している。

偶然それを目にした時、なぜ自分で作ってみようと思い立ったのか、もはやバーバラには思い出せなかった。自分もちょうど男の子を産んだばかりで、親近感を覚えたのか、出産直後にもかかわらず、お化粧も髪も完璧に整っているその美しさにあこがれを抱いたのか、それとも傍らに立つチャールズ皇太子の優し気な笑顔が、妬ましかったのか。それらすべてが当てはまっているようでもあり、全部どこかが微妙にずれているようでもあった。バーバラが思い出せるのはただ、ブルーと言っても藍と紺と菫《すみれ》が混ざったその微妙な色合いの生地を探すため、一時間もバスに乗って遠い町まで行ったこと、何度やり直しても襟のVの先端に不格好な皺《しわ》が寄って、せっかくの白色が手垢で黒ずんでしまったこと、その二つだけだった。

「フードコートで、おやつを食べようね」

エスカレーターで三階へ上がってゆく途中、バーバラは後ろを振り返って孫娘に言った。

「うん」

孫娘は束ねた髪を揺らして喜んだ。

「何でも好きなのでいい？」

「いいよ。でもあんまり、晩御飯に響かない程度のにしようね。お母さんに怒られるといけないから」

「うん、分かってる」

ホットケーキの二枚重ね、アイスクリーム添えアップルパイ、チョコレート味のお菓子、粉砂糖をかけたクレープ……いやそれとも、クリームソーダがいいか……。次々と美味しそうなおやつを列挙する孫娘の声が、背中から聞こえてきた。

日曜日のショッピングモールはいつものとおりの賑わいだった。吹き抜けになった中央ホールには明るい日差しが降り注ぎ、館内放送の音楽と人々のざわめきが一緒になって渦を巻いていた。人気のお店には行列ができ、イベントコーナーからは歓声が沸き上がり、子どもたちはわけもなくそこら中を走り回っていた。

その日のバーバラの装いは、数ある作品の中でも最も制作に時間を要した一着、一九九〇年に来日した際、饗宴《きょうえん》の儀で着用したロングドレスだった。途中、何度もあきらめかけながら、その都度自らを鼓舞し、どうにかこうにか完成までこぎつけた力作だった。だからこそ、孫娘とショッピングモールで過ごすとっておきの日曜日には、相応《ふさわ》しい一着と言えた。

とにかくシルエットが複雑すぎた。形としては一続きなのだが、一見、セパレートかと勘違いするほど、上身ごろとスカート部分の印象が異なっている。まず下半身は、幅広のサッシュベルトの巻き終わりがスカートの襞《ひだ》と重なり、斜めのラインを描きながら、くるぶしまで隠す裾へとつながってゆく。甘すぎず、派手すぎず、ほっそりとしていながら動きがある。更には、光を受けてほとんど半透明にさえ見える薄桃色が、独特のはかなさを醸し出している。

一方上半身には重厚さが漂う。丸首に七分袖というシンプルな形に、全面、ペーズリー柄のビーズ刺繡が施されているのだ。しかもビーズは大粒で、立体感があり、シャンパンカラーに輝いている。その輝くいくつもの曲線が、首元から胸、みぞおち、両腕、背中、すべてを覆っている。

サッシュベルトのギャザーを単なる皺ではなく、芸術的な彫刻のように見せるためにはどうしたらいいか、その再現だけで数週間かかった。裾のドレープは、どうしても滑らかさを上手く表現できず、最後には、カーテンを体に巻きつけてイメージを固めてから裁断し直した。そしてビーズは、一粒一粒、縫い付けてゆくしかなかった。

上半分だけとはいえ、ダイアナの上半身は広大だった。一粒のビーズはあまりに心もとなく、果てしない砂浜に取り残された貝殻の欠片のように、寂しげだった。バーバラは幾晩も徹夜をした。玉止めをしすぎて人差し指と親指の皮膚がすりむけた。どうにか様になってきたかと思っても、布地を広げるとたちまち、脇、袖の裏、背中から新たな空白が現れ出てきた。作業台の上に勝手気ままにビーズは散らばり、少し気を抜いただけでたやすく転がり落ちて、床板の目地に挟まった。縫い付けても縫い付けても空白は埋まらず、ビーズは寂しげなままだった。

すれ違う人々は皆、バーバラを見ていた。全身を眺め回す者、一目見てすぐに目を伏せる者、それでも我慢できずに横目でちらちら様子を窺う者、あからさまにぎょっとした表情を浮かべる者、さまざまだった。しかしすぐに誰もが興味を失い、黙って遠ざかっていった。イベントに出ている人の扮装だろうと勝手に決めつけ、一瞬でも心を乱された不愉快を忘れるために、見なかったことにしようとした。

団地の居間兼寝室で試着した時には、写真からそのまま抜け出てきたかのように、すべてが完璧だった。細部にまで計算が行き届いていた。もちろん裏地が静電気でまとわりついてきたり、首回りがチクチクしたりすることはあったが、そもそも重要なのはオリジナルの再現であり、着心地ではないので問題にならなかった。バーバラは食器棚の前に立ち、扉のガラスに映る自分と写真を、何度も交互に見比べては、最後の最後まで修正点がないかどうか確認した。

なのにいつも、団地を出た途端、少しずつ計算はずれていった。頰ずりしたくなるほど滑らかだったはずの布地は、いくら光を浴びても、ただぺらぺらしているだけで、一歩足を踏み出すごとに優美に揺らめいていたドレープは、もっさり腰にまとわりついている。あんなにしっかり玉止めしたにもかかわらず、ビーズのいくつかは早くも糸がのび、だらんと垂れ下がっている。プラスチックのボタン、踵のすり減った合成皮革の靴、ビニール製のクラッチバッグ、化繊のネッカチーフ、等などが、王室とはかけ離れた独自の雰囲気を放ちはじめている。六カラットのサファイアに十八個のダイヤをちりばめたエンゲージリングに似せ、左手の薬指にはめたガラスの指輪は、皺の多い手をいっそうみすぼらしく見せているにすぎない。

「あっ、バーバラ、大変」

不意に孫娘が声を上げた。いつの間にかサッシュベルトが解《ほど》けかけていた。孫娘は手際よくそれを結び直した。

「解けないように、二回、堅結びにしておくね」

ドレープも裾のラインもお構いなしに、大きな結び目ができた。

「ありがとう。これでもう心配ない」

バーバラは言った。

「おやつは決まったかい？」

「うん、今、三つまで絞ったところ」

孫娘は指を三本立てて笑った。

ダイアナの服を着ている間は、誰もバーバラのそばには寄って来なかった。おかげで、病院の案内係をしている時のように、人の話をあれこれ聞かされずにすんだ。二度と会う機会もないだろう誰かの人生のためにうなずくことも、もちろん、例のあの一言を口にする必要もなかった。心行くまで、孫娘と二人きりでお喋りできた。バーバラが自分自身の人生について語る相手は、ただ一人、孫娘だけだった。

「バーバラ、気をつけて。裾がエスカレーターに挟まれると危ないから」

ピッタリのサイズで作ったにもかかわらず、なぜか地面を引きずるほどに長すぎ、埃だらけになっている裾を、孫娘はさっと持ち上げた。

「ああ、すまないね」

呼吸を合わせ、二人は一緒にエスカレーターを降りた。

バーバラは昔、ちょうど孫娘と同じ年の頃、エスカレーターの補助員をしていた。ショッピングモールができるずっと以前、まだそこに市場ビルヂングが建っていた時分の話だ。

古めかしい公設市場を解体した跡に建設されたその市場ビルヂングは、完成が新聞の一面に載るほどの話題を呼んだ。町で初めてのエスカレーターが設置されたからだった。当時町の人々は、まだエスカレーターというものに乗った経験がなかった。市場ビルヂングの中には普段の買い物に必要な店の他、都会で流行している洋菓子屋の支店や、目新しい美顔専門店などもあったが、人々はまず、エスカレーターを目当てに集まって来た。箱をワイヤーで上下させるエレベーターよりも、ずっと斬新なその仕組みに感心し、胸を高鳴らせ、乗り心地について思いを巡らせた。

オープン初日、正面玄関を入ってすぐ正面にある、たった一基のエスカレーターの前には、順番を待つ人々の行列ができていた。上の階を目指すのではなく、ただそれに乗ることだけが目的の人ばかりだった。その中に、市場の総菜屋の娘だった少女のバーバラもいた。オープンを祝う花や鼓笛隊やコンパニオンよりも、真新しいエスカレーターの方が華やいで見えた。踏板の溝の一つ一つまでが光り輝いていた。

皆行儀よく、順番に足を載せていった。運行は順調だった。誰が操作しているのだろうと、あたりをきょろきょろ見回したり、遠ざかってゆく下の人々に手を振ったり、海老茶色の手すりに耳をくっつけたり、誰もが少なからず興奮を抑えきれない様子を見せていた。行列はなかなか短くならなかった。

事故は開店から三十分ほどが過ぎた頃、バーバラのすぐ後ろで起こった。乗るタイミングを上手くつかめなかった老人がつまずいたのだ。咄嗟《とっさ》に振り返ったバーバラが支えたおかげで、老人は向う脛《ずね》をすりむいただけですんだ。

この慣れない乗り物を安全に運行するため、補助員がいた方がいいのではないか、という提案がなされた時、なぜバーバラが選ばれたのか、子どもだった彼女にはそのあたりの事情は知らされなかった。最初の事故の現場に居合わせた偶然が引き寄せた結果なのか、テナントの娘なのだから手っ取り早いと思われたのか、とにかく断るきっかけもないまま、気づくと彼女はエスカレーター補助員に任命されていた。役目としてはさほどややこしくなかった。混雑する土曜の午後と日曜、エスカレーターの昇り口に立ち、お客さんに手を添えて、タイミングよく踏板に載ってもらう。ただそれだけのことだった。しかしすぐにバーバラは、この役目が見た目ほど単純ではないと気がついた。エスカレーターに慣れていないお客さんは、足元から次々と湧き出してくる踏板の連なりを見つめているうち、自分がそこへ吸い込まれるような、終わりのない動きに追い立てられて目が回るような心持になり、なぜかわざわざ踏んではいけない地点に足を載せてしまう。怖いのか魅入られているのか分からなくなっている人の気分を平静に戻し、足元で刻まれているリズムに気づかせてあげるためには、ちょっとしたコツが必要だった。機械的にただ手を出せばいいというわけにはいかなかった。静かな微笑《ほほえ》み、ゆったりとしたうなずき、自信あふれるまばたき、小さくて邪魔にならない掌。そのような要素を組合せながら、瞬時に、適切な位置へと相手の足を誘導する。周囲の人々は誰も、手助けされた人でさえ、エスカレーターの昇り口に立つ少女が、これほど細やかな働きをしているとは知る由もなかった。

将来、病院の案内係となる運命が、この時からもう決まっていたのだろうか。迷い、困惑している人を、正しい場所へ導く。バーバラの才能は、本人が意識する間もなく、小さい頃から既に発揮されていた。それが才能だとも思わずに、少女はひたすらエスカレーターの傍らで、名前も知らない誰かのために手を差し伸べ続けた。その時、もたついている人に向かって、「わかります、わかりますよ」の一言を口にしていたかどうかは、バーバラにも思い出せない。

「大事なのはね……」

紙コップの紅茶を両手に包んで、バーバラは言った。

「そこにいるけど、いないも同じ、という雰囲気を出すことなんだ」

フードコートは大方席が埋まっていた。ざわめきの中で、あらゆる種類の食べ物の匂いが混じり合っていた。

「つまり、妖精みたいってこと?」

指についた粉砂糖をなめながら、孫娘が言った。

「その通り」

長い間あやふやだった遠い昔の自分に、今ようやく的確な名称が与えられ、すっきりしたとでもいうように、バーバラは紙コップの底でテーブルを小さく叩いた。

「まさに、妖精なんだよ。よく分かるね。そういうことは、本に書いてあるのかい?」

「うん。妖精はお話にしょっちゅう出てくるよ。あとは、魔女とか小人とか仙人とかが、定番かな」

どうしてもおやつを一つに絞りきれなかった孫娘は、クレープを齧《かじ》ったあと、クリームソーダをかき回した。

「出しゃばって、お助けします、っていう態度は嫌味だし、機械的に淡々とじゃ、つまんない」

孫娘はうなずいた。

「おや、こんなところに女の子が、と意識させるかさせないか、ギリギリの位置を見極めるのが難しい。私が発見したのはね、次々吐き出される踏板の角が、グルンとカーブした手すりの中心と交わる一点。補助員の居場所としては、そこがベストだった」

座っていると、長すぎるスカート部分も、堅結びのためにバランスが崩れてしまったサッシュベルトもテーブルの下に隠れ、ドレスの奇妙な仰々しさは多少目立たなくなっていた。ただ、装飾過多な上身ごろが、ダイアナより二十六センチも低い身長に、重苦しくのしかかっているように見えた。ダイアナの服で外出する時は大概そうだったが、だんだん肩が凝り、すっかり猫背になってしまっていた。

「客と補助員が触れ合うのは、ほんの一瞬、まばたき一回くらいの間しかない」

それでもバーバラは疲れも見せず、エスカレーター補助員について語り続けた。その話の時は、長くなるのが常だった。

「手は握るのでもない、添えるのともちょっと違う。補助員が手を差し出すのはつまり、良きタイミングを伝えるための合図なんだ。二人の指が触れ合った信号が、足に伝わって、水平になった板の中央を踏める。客はまるで、一人でエスカレーターに乗れたかのような錯覚に陥る。でも指先には確かに誰かの感触が残っている。はっと我に返って後ろを振り返るけれど、既に、妖精は遠ざかっている。その姿は人影に紛れてぼんやりしている……。エスカレーター補助員は、こうでなくちゃいけない」

「ふうん……」

ソーダの底に沈んで溶けてゆくアイスクリームを眺めながら、孫娘は言った。

「ダイアナ妃に握手してもらった人も、きっと同じような気持になっただろうね」

バーバラはうなずいていいのか、首を横に振ったらいいのかよく分からないまま、残った紅茶を飲み干した。時間が経ってなお一層、イブニングドレスの様相は移り変わりつつあった。緩んでいたビーズがいつの間にか落下し、あちこちから糸くずがはみ出して、シャンパンカラーだったはずの刺繍は、まだらな禿《はげ》模様になっていた。小さすぎる指輪を無理してはめた左手の薬指は、うっ血して紫に変色していた。

「自慢じゃないけど、私が補助員に立っていた間は、事故は一つもなかったよ。事故が起こったのは全部、妖精が持ち場を離れている時だった」

ダイアナのことはひとまず脇に置き、自分がいない間に市場ビルヂングのエスカレーターで発生したさまざまな事件、事故について、バーバラは語った。踏板の溝に傘の先が挟まって抜けなくなり、バリバリという音とともに傘が粉々になった事件。背中までのびた長すぎる髪が手すりと側板の隙間に絡まり、巻き込まれて抜けなくなった事故。誰かが鋏《はさみ》を持って来るまでの間、側板にもたれかかり、エスカレーターと合体した人魚のようになっているその人を見物するため、大勢が集まってきた騒動。踏板と一緒に自分も隙間へ吸い込まれ、平べったくなってしまうのではないか、という恐怖に取りつかれた男の子が、失神した話。

孫娘はこの種類の話が大好きだった。相槌《あいづち》を打ち、感嘆の声を上げ、身を乗り出してバーバラの言葉に聞き入った。それに励まされ、バーバラは次々と話を繰り出していった。市場ビルヂングの妖精だった頃の自分をよみがえらせれば、いくらでもお話は湧き上がってきた。語っているうちに自然と内容は緻密になり、ある部分は膨張し、ある部分は凝縮され、自在に様相を変えていった。所々、孫娘が鋭い分析を加え、新たな局面が開かれることも珍しくなかった。おかげで同じエピソードでも常に新鮮だった。妖精の力によって、エスカレーターの踏板が床の隙間から際限なく、新しく生まれ出ているると、お客さんが思い込むのと同じだった。

駐車場に面した窓から夕陽が差し込んでくる頃になってもまだ、フードコートの片隅には、空のコップと丸まった紙ナプキンを間にして向かい合い、エスカレーターの話に夢中になっている祖母と、熱心に耳を傾ける孫、二人の姿があった。

エスカレーター補助員の少女には、たった一人、友だちがいた。空港の乗り継ぎ補助員をしている男の子だった。市場ビルヂングと空港、場所は違っても同じ補助員同士、二人だけに通じ合う友情を交わしていた。

少年の仕事は、乗り継ぎ便に遅れそうになったお客さんを励ますため、ゲートまで一緒に走ってあげることだった。飛行機が遅れ、焦っているお客さんを落ち着かせ、大丈夫、間に合う、という気持にさせるために必要なあらゆる資質を、彼は持っていた。泰然自若とした態度、邪魔にならない謙虚さ、お客さんの不機嫌を受け入れる度量。迷いのない決断力。それらはすべてエスカレーター補助員にも共通する才能だった。二人はすぐに、自分たちが似たような役目を背負っていると気づいた。更に少女は、人ごみを縫って走る少年の運動神経に憧れを抱いた。そこには、エスカレーターの脇にただじっと立っているだけの自分にはない、たくましさがあった。

簡単な理由で飛行機はすぐに遅れた。補助員の出番はいくらでもあった。不安な面持ちでロビーをさ迷い、ゲートは何番かとイライラしつつボードを見上げる乗客が、ふと振り返ると、そこに見知らぬ少年が立っている。

「8番ゲートです」

乗客が一番知りたがっている数字を、少年は口にする。明瞭で冷静な口調だ。

「さあ、こちらへ」

この子は一体誰なんだ、と思う間もなく、少年は目的の方向へ乗客を誘っている。確信に満ちたしなやかな動きに促され、自分でも意識しないうちに、乗客は走り出している。しかし少年は無闇に急がせるわけではない。残された時間と、相手の体力とのバランスを考えたうえで、適切なスピードを割り出す。焦りは禁物だ。余計なトラブルを生む。それを避けるための乗り継ぎ補助員なのだ。

お客さんが途切れて一息つく時、空の踏板が昇ってゆくのを見やりながら少女は、縦横無尽に空港を駆ける少年の姿を思い浮かべた。こちらのゲートから、あちらのゲートへ。東行きの飛行機から、北行きの飛行機へ。必要のない人の視界は邪魔せず、必要な人のそばにはいつの間にか寄り添っている。足取りは軽く、仕草は優しく、笑顔は温かい。一瞬で誰もが、この子に任せておけば何の心配もない、という気持になれる。そして必ず、飛行機には間に合う。乗り継ぎ補助員は決して、人々の期待を裏切らない。

ほっとして乗客たちは新しいゲートにたどり着く。多くの人々がお礼を言う。けれど、ゲートに消えてゆく時にはもう、背後に立っている少年の顔など忘れてしまい、二度と思い出すこともない。

「お見事」

少女は胸の中でつぶやく。褒めてもらえない誰かを励ます資格があるのは、同じく褒めてもらえない役目を負っている自分だと、お互いに了解し合っている。たとえお客さんに邪険にされようと、遠くにいる同じ補助員が微笑んでくれさえすれば、すべてが報われる。届かないと分かっていても、少年の背中に手をのばす。あと少しで掌に鼓動が伝わる、という時、エスカレーターに乗るお客さんが現れる。遅れた飛行機が到着する。少女は手を差し出し、少年は駆けだす。

真夜中、裁縫に疲れると、バーバラは押入れの奥から古いアルバムを引っ張り出した。元夫を木に塗り替えるためだった。

ダイアナの継母の元夫が、子どもを捨てて不倫に走った妻に憤慨し、画家に頼んで家族の肖像画に描かれた妻の姿を木に替えさせた、というエピソードを知ったのは、ダイアナの写真を探して伝記をめくっていた時だった。ほんの数行の記述にもかかわらず、バーバラはこのダートマス伯爵が取った方法に、目を留めた。何て気の利いたやり方だろうかと感心さえした。単に黒く塗り潰すのではなく、わざわざ画家に命じて描き替えさせるその手間が、妻の不義を生涯許さない執念の表れになっている。しかも、選ばれるのは一本の木だ。風景の完全な一部になって、その場から決して動けない。絵の前に立つ人は皆、人物にばかり目をやり、そこに何が生えていようがいまいが、気にもかけない。

バーバラはアルバムの中から、別れた夫の写った写真を何枚か引き抜いた。かつて、鋏で切り刻もうとしたこともあったが、それではあまりに陳腐すぎるし、一緒に写っている自分や息子まで傷つく気がしてためらわれた。あの男のためにこれ以上自分たちが痛めつけられるのはごめんだった。バーバラは黒い油性マジックペンで、元夫を一本の木にしていった。マジックペンの先は写真の表面を気持よく滑った。キュルキュルと軽快な音さえ聞こえてきそうなほどだった。まず顔を樹皮に替え、胴体から脚にかけて幹をのばし、根を張らせる。当然、腕は枝となり、そこに葉を茂らせる。気まぐれに木の実を描いてみたり小鳥を止まらせたりしてみるが、マジックの先が太すぎて上手くゆかず、結局は全部が黒々しい葉っぱになってしまう。

元夫が木に生まれ変わるのは、あっという間だった。爽快というより、物足りなかった。自分たちが受けた仕打ちの分量とくらべ、あの男が樹木になるために味わう苦痛の時間が不当に短すぎる気がした。肖像画と写真、油絵とマジックペン、貴族御用達の画家と自分。まあそれだから仕方ないのだ。バーバラはそう自分を慰め、二枚めからはできるだけゆっくりとやることにした。もう完全に全身、人間だった頃の名残りが消えたあともまだ、念には念を入れてマジックペンをキュルキュルいわせ続けた。

ダイアナの継母はどんな木になったのだろう。無遠慮に茂った老木だろうか、あるいは影と区別がつかない地味な木だろうか。バーバラはそれを見てみたいと思ったが、残念ながらその絵は伝記のどこにも載っていなかった。元夫が消え去ったあとに生えてきたのは、いびつでみすぼらしい、いつ倒れるか知れない枯木だった。

フードコートでのひととき、この写真の件は、孫娘との語らいの話題には上らなかった。

ベランダから吹き込んでくる気持のいい風が、カーテンを揺らしていた。空には春霞がかかり、遠くの棟は薄ぼんやりして見えた。居間兼寝室には黒一色の布地が大量にあふれ返り、孫娘は本を読むスペースを確保するのにいつもにも増して苦労した。彼女が寝返りをうつたび、裁縫箱かミシンかアイロン台か、何かと体がぶつかった。

「すまないね」

バーバラは少しでも混乱をおさめようとして、広がりすぎた布地を引っぱり寄せた。孫娘は気にする様子もなく、黙々と新しいページをめくった。団地の中庭で遊ぶ子どもたちの歓声が、風に乗り、途切れ途切れに聞こえていた。

新たにバーバラが取り組んでいるのは、前々から気になっていながら、長く手をつけられないでいたドレスだった。デザインだけでなく、背負っている伝説も含め、ウエディングドレスに次ぐハードルの高さだと思われ、いざ腰を上げるにはかなりの決心がいった。しかし既にバーバラは、あらゆる経験を積み重ねていた。ワンショルダー、ローブデコルテ、スリップドレス、スタンドカラー、セーラーカラー、ホルターネック、ボレロ、キュロット、フレンチスリーブ、ビーズ刺繍、フリル、総プリーツ……。新たに挑戦して乗り越えた壁は数知れなかった。機は熟していると言えた。

「一生懸命考えたんだろうねえ、ダイアナは」

孫娘の邪魔にならないよう、独り言と区別がつかないくらいの小さな声でバーバラは言った。

「何せ、婚約発表してから初めて、皇太子と一緒に公の場に出席するためのイブニングだったんだから」

油断するとすぐ糸が絡まり、布地がひきつれてしまうのに往生しながら、バーバラは慎重にミシンの速度を調整した。

「慈善オペラを観劇したんだよ。グレース・ケリーも同席していたらしい。王室に相応しくて、自分が一番可愛く見える服を一生懸命選んだのさ」

「うん」

物語の世界に没頭したまま、孫娘は返事をした。

「あっ、いけない。まただ」

バーバラは舌打ちし、ミシンの押さえを上げて縺《もつ》れた上糸を切った。張りのあるごわついた布地は、いくら押さえつけても好き勝手に膨らみ、ミシン針の行く手を邪魔した。視界は黒色で塞《ふさ》がれ、自分が今、どの場所をどれくらい縫っているのか、しばしば分からなくなった。バーバラは天秤に糸を通し直し、もう一度布地を整えた。

それは両肩が出た、黒いタフタドレスだった。両肩だけでなく、肋骨《ろっこつ》数本分、乳房が隠れるぎりぎりのところまでが露《あらわ》になっていた。バストの形に沿って二つのカーブを描くラインは、一切紐の助けは借りず、ただ胸の膨らみだけによってずり落ちるのを免れていた。ウエストは細く絞られ、あとは惜しげもないドレープによって、胸の膨らみとバランスを保ちつつ、スカート部分が裾まで広がってゆくばかりだ。

バーバラの手元にある写真には、車から降りようとして屈むダイアナが写っている。モノクロ写真でも、ドレスの黒色にどれほどの光沢があるか、手触りが緻密か、見て取れる。その黒色から、乳房が半ばこぼれ落ちている。

「新聞が面白おかしく書き立てたのさ。胸のことばかりね。マナー知らずだとか、王室の品位を落とすとか」

バーバラは更に慎重にミシンの針を下ろした。孫娘は両手で本を支えつつ、腹ばいになった。

「でも、本当にかわいそうなのは、皇太子が味方になってくれなかったことだよ。つまり味方になるどころか、ダイアナにばかり注目が集まると言って拗《す》ねる始末だ。つまらない男だね。皇太子が優しく、気にすることはない、とっても綺麗だよ、と耳元でささやいてくれさえすれば、ダイアナだってあれほど不幸な結婚生活を送らなくても済んだ。簡単なことじゃないか。ほんの一言。それだけの話なのに……。まあ、何もかも手遅れだけどね」

孫娘は黙ってうなずいた。片方の耳だけがバーバラに向けられ、あとは全部が本の世界の中にあった。

彼女が手にしている本は、その華奢《きやしや》な両腕には不釣り合いなほど分厚かった。たった十数年しか生きていない子の小さな頭の中に、あんな分厚い本の中身がどうやって納まるというのだろう。バーバラは不思議な気がした。熱心になりすぎて、頭が破裂しやしないかと、本気で心配になった。

「手が疲れないかい？」

バーバラは尋ねた。

「うん、平気」

自分が何を心配されているか、気づきもしていない口調で孫娘は答えた。けれどバーバラは、彼女が一旦本を閉じれば、たちまちこちらの世界へ戻ってくることもまたよく知っていた。その行き来は、学校へ通うよりもずっと安全な道のりで、帰ってこない心配は必要ないのだと分かっていた。

ミシンのペダルをいくら踏んでも、なかなか布地の端まで行き着かなかった。一番重要な胸元のラインはまだ手付かずのままだった。自分の胸の状態が、忠実なデザインの再現に耐え、上身ごろをちゃんと支えられるかどうか、見通しは立っていなかった。もたもたしたミシンの動きとは裏腹に、孫娘は軽やかにページをめくり続けた。カーテンをすり抜けてくる日差しが、彼女の横顔を柔らかく照らしていた。いつしか子どもたちの歓声は遠ざかり、あたりは静かになっていた。

先月、バーバラは孫娘から誕生日に一冊の本をプレゼントされた。表紙が可愛らしい桜色をした、箱入りの立派な本だった。きちんとした家の本棚にはきっとこんな本があって、おばあさんの代から大切に読み継がれているのだろうなあ、と思わせる風情を漂わせていた。リボンのかかったプレゼントを、しかも本を、誰かにもらうのは生まれて初めてだった。

「何が書いてあるんだい？」

「お姫さまが主人公だよ」

「ああ、そうか」

「うん。バーバラはきっとお姫さまが好きだろうと思って」

「このお姫さまは、幸せになれるかい？」

「読めば分かるよ」

「なるほど、そうだね。お前の言うとおりだ」

バーバラはあまりの思いがけない出来事に、どうやって感謝を伝えたらいいか見当がつかず、混乱した。夜、一人でリボンを解き、表紙を撫で、両手に載せて頭上に掲げた。なぜか厳粛な気分になり、女王さまに謁見《えっけん》するかのように、片膝をついて礼をした。タンスの上に立て掛け、ミシン台の上に置き、やはり気が変わって、食卓に積み重ねたダイアナの写真集の隣に並べた。箱から出しては戻し、また出しては戻すを何度か繰り返した。

もちろん、早く読みたいと思った。慣れていない自分は、孫娘よりずっと時間がかかるだろうが、毎日こつこつ読んでゆけば、いつかは最後のページにたどり着けるのだと分かっていた。お姫さまの行く末を知りたかった。にもかかわらず、いざ表紙をめくろうとすると、心臓が高鳴って手が震え、それ以上先に進めなかった。今自分が手にしている小箱の中に、どれほど素晴らしいものが隠されているか、孫娘が既に証明してくれていた。まだ見てもいないはずのその素晴らしい何かに、バーバラは圧倒され、言葉を失い、立ち尽くしてしまうのだった。

案内係の仕事から帰って玄関を開けるとまず、ダイアナの隣にその本がちゃんとあるかどうか確かめた。一人、晩御飯を食べる時は、本にうっかりソースを飛ばしたりお茶をこぼしたりしないよう気をつけた。裁縫の途中にも、何度も食卓に目をやった。うれしすぎて、大事すぎて、胸が苦しくなった。深呼吸をして再びバーバラは、黒いタフタドレスの制作に没頭した。

「明日は雨かもしれないよ」

自転車を押す孫娘と並んで歩きながら、バーバラは言った。

「どうして？」

「月がおぼろになっているからね」

夕暮れが近づきつつある空に、ぼんやりした半月が浮かんでいた。二人は団地の敷地を抜け、緩やかな坂を下りて県道へ出ると、ショッピングモールとは反対の方へ向かって歩いた。孫娘の住むアパートまで、三十分くらいだった。

「春休みの宿題は済んだのかい?」

「春休みに宿題はないよ」

「本当に?」

「うん」

「じゃあ、好きなだけ本が読めて、いいね」

バーバラは首元に大きなリボンのついたストライプのブラウス、ミディ丈のペンシルスカートに共布の長いチョッキ、という出で立ちだった。新婚のダイアナが地方での公務で着ていた服だ。専門のアドバイザーがつく以前、皇太子が嫌がるミニスカートをまだはいていない頃の、少女らしさが残るファッションが、バーバラは案外好きだった。洗練されたイブニングドレスにはない、味わい深さを感じた。皇太子に愛されたいと願う健気さが、あらゆる細部に宿っていて、着ていると、すべての希望が失われたわけではない、という気分になれた。

自転車の錆びた車輪が、規則正しいリズムを刻んでギーギー鳴っていた。それに合わせ、籠に入った孫娘の分厚い本もカタカタ音を立てた。二つめの信号を西に曲がり、賑やかな県道から一本通りを外れるだけで、あたりは静かになった。町で一番大きな川が見えてくれば、あとはその土手を上流の方へ真っすぐ歩いてゆくばかりだった。

「今日、バーバラの家に行けてよかった。雨だと自転車に乗れないもん」

斜め掛けにしたポシェットを背中に回し、ハンドルを握り直して孫娘は言った。

「そうだね。雨の日に自転車に乗るのは危ないよ。雨粒が目に入って、前が見えなくなるからね」

バーバラは言った。その時、川から吹いてきた風でリボンがめくれ上がった。慌ててバーバラは首元に手をやった。リボンは顔を全部覆い隠すほどの幅があった。犬を散歩させる老人や、ジョギングする人や、部活動帰りの高校生たちがすれ違っていった。

プレゼントした本が面白かったかどうか、孫娘は一度も尋ねなかった。早く読むようにと催促もしなければ、どうせつまらないプレゼントだからとひねくれもしなかった。ただじっと黙っていた。興奮が鎮まり、呼吸が整い、バーバラの本当の夕イミングが訪れる時まで、エスカレーターの妖精のように、辛抱強く待っていた。

少しずつ空は暮れていった。月は明るさを増していたが、輪郭はぼんやりしたままだった。川はゆったりと流れているように見えるのに、橋脚にぶつかる水の音は思いの外勢いよく耳に届いてきた。その間もずっと自転車の車輪は鳴り続けていた。

二人は橋を渡った。川に架かる一番大きな橋だった。橋の上から見上げる月は、なぜかさっきまでより近くに感じられた。川面は早くも夕闇に染まっていた。渡り終わったところに花時計があり、あまり手入れが行き届いているとは言えない三色スミレが咲いていた。

「じゃあね」

バーバラは言った。

「うん」

小さく孫娘はうなずいた。花時計のⅧ時の方向へ路地を入った先に、彼女と母親と新しい父親の住むアパートがあった。アパートの前まで送って行って、もし母親に出くわし、嫌な気分にさせてもいけないと思い、いつも花時計の前で別れることにしていた。

「今度はいつ来られる？」

答えは分かっていながら、バーバラはどうしてもそう尋ねてしまう。

「分からない」

毎回、孫娘の答えは決まっている。

「気をつけてお帰り」

孫娘は手を振り、自転車を方向転換させる。彼女の背中がちゃんとアパートの玄関に消えるまで、バーバラは花時計のそばで見守っている。

完成したタフタドレスを着てショッピングモールへ足を踏み入れた時、かつてないどよめきが起こった。客たちの視線はいっそうの熱気を帯びた。これまで見て見ぬ振りを続けていた良識的な人々でさえ、もはや好奇心を抑えるのは難しい様子だった。

バーバラと孫娘、二人はいつものとおりフードコートでおやつを食べるため、エスカレーターへ向かった。早くも孫娘の頭の中はおやつのことで一杯だった。バーバラが歩くたび、ドレスの布地がこすれ、ガサゴソ、ガサゴソと耳障りな音を立てた。二人の周りにはぽっかりと空洞が広がっていた。ドレスにボリュームがありすぎて、どれくらい近寄っても失礼にならないのか、皆距離を測りかねていたのだ。ただ一人孫娘だけが、まるで彼女もドレスの一部であるかのように、すんなりと隣の位置におさまっていた。

タフタという生地が元々そういう性質なのか、タフタもどきだからなのか、ドレスはバーバラの予測以上にごわついて、膨れ上がっていた。あるいは単に、ダイアナと体形が違いすぎるだけなのかもしれない。とにかくバーバラはドレスを着ているというより、黒い布地の塊に覆われ、その上部からかろうじて肩と頭がはみ出ている、といった具合だった。リボンや刺繡やベルトやレースなど、装飾が一切ないせいで、余計に黒い色が迫力のある存在感を放っていた。

そして肝心の胸元のラインは、目論見《もくろみ》どおり乳房のすぐ上、ギリギリのところに留まっていた。鳥が羽を広げたようなカーブの優美さと、ずり落ちない強度を両立させるため、バーバラが描き直した型紙の枚数、駄目になった布地のメートル数、ミシンのペダルを踏んだ数ははかり知れなかった。胸元の折り返しには、針金が縫い付けられた。ベランダの柵に植木鉢を括りつけていた針金だった。両脇からは贅肉がはみ出していた。たるんだ胸よりも、はみ出た肉の方がボリューム豊かだった。鎖骨と肋骨はごつごつとして寒々しく、背中には老人斑が広がり、首には疣《いぼ》があった。

けれどもやはりそれは、愛される予感にまだ裏切られていない、婚約時代のダイアナが身に着けていたドレスだった。一人の女性を幸福へ導いてくれたかもしれない、ドレスだった。

　二人はエスカレーターの乗り口に立った。孫娘は慣れた様子でタフタドレスの裾に手をのばし、足首が露になって下品にならず、かつ踏板に吸い込まれない高さまでそれを持ち上げた。さすが元補助員とその孫だけあって、二人は目配せの必要もなく、スムーズに息を合わせて一歩を踏み出すことができた。

　エスカレーターは上昇していった。吹き抜けになった上の階から、すれ違う下りのエスカレーターから、大勢の人々が二人を見ていた。バーバラは手すりに左手を載せ、背筋をのばし、万が一にも胸元がずり落ちてこないよう、息を深く吸い込んで肋骨を押し広げていた。そのすぐ真後ろに、裾を握ったまま、孫娘は立っていた。

「わあ、きれい」

　その時不意に、孫娘の耳に誰かの声が届いてきた。気づかないうちに、見知らぬ一人の少年が彼女たちの横に立っていた。

「触ってもいい？」

　人懐っこく、しかし礼節をわきまえた笑顔が、孫娘に向けられた。もしかしたら空港の乗り継ぎ少年はこんなふうだったかもしれない、と思わせる、ちょうど孫娘と同じ年頃の男の子だった。

　少年はタフタドレスが一番膨らんでいるあたりに、そろそろと手をのばした。今まで見たこともない、大切で壊れやすいものを目の前にし、畏敬の念に打たれるような、優しい気持が極まって震えるような手つきだった。少年の小さな掌は、ドレスの黒色を一瞬だけ撫でた。

「まるで、お姫さまみたいだ」

少年は言った。

「わかります、わかりますよ」

と、孫娘は答えた。

元迷子係の黒目

〝ママの大叔父さんのお嫁さんの弟が養子に行った先の末の妹〟

裏の平屋に一人で暮らす女性のことを、私たち家族はそのように呼んだ。いくら面倒でも、省略することは許されない決まりになっていた。

〝ママの大叔父さんのお嫁さんの弟が養子に行った先の末の妹〟

それは我が家特有の早口言葉のようなものだった。うっかり弟と妹を入れ替えたり、途中でつっかえたりすると、小さなペナルティを科せられた。歯磨き一分延長、付け合わせのピーマン追加、熱帯魚の水槽の苔《こけ》取り、シャンプーハットの使用禁止……。罰の中身はいろいろと種類があった。

まだ幼すぎて私には大叔父や養子の意味はよく分からなかったが、とにかくその呼び名を丸暗記した。もちろんちゃんとした名前はあったはずだ。しかし彼女が本名で呼ばれるのを聞いたことは一度もない。郵便受けにはめ込まれたネームプレートは、長年、風雨にさらされたせいで黒ずみ、粉を吹き、そこに記された文字を読める人は誰もいなくなっていた。長すぎる続き柄、これが唯一の名前だった。

ただ、心の中でこっそり思い浮かべる時に限り、不用意に口に出さないよう用心しつつ、〝末の妹〟のみを用いていた。その方がずっと手っ取り早くて、親密だった。男兄弟しかいない私にとって、妹という言葉は憧れでもあった。更に〝末の妹〟となれば、否応なく末尾に追いやられた侘しさと健気さが感じられ、いっそう好ましく思えた。

当然ながら実物の彼女は妹にするには年を取りすぎていた。老人と言ってもいい年頃だったが、体のあちこちの部分がいちいち小づくりなため、子どもの残骸が不安定に組み合わさっているように見えた。色白で、猫背で、いつも気難しそうな表情を浮かべていた。パーマのかかりすぎた前髪が、何重もの輪になって額に張りついていた。庭のデッキチェアに腰掛け、小鳥にパン屑をやったり、野良猫にちょっかいを出して無視されたり、掌《てのひら》に納まるくらいの小さな本を読んだりしていた。その間中、片方の手からはタバコの煙が立ち上っていた。時折誰かが通りかかっても、焦点の外れた不愛想な視線を向け、聞こえるか聞こえないかくらいの声で挨拶をするだけだった。黒目が妙に透き通り、ひんやりとして見えた。斜視なのだ、と大人たちは言っていたが、正確な斜視の説明ができる人はいなかった。末の妹を見かけ

ると つい顔を背けてしまうのは、黒目のせいなのか、ペナルティのせいなのか、自分でも区別がつかなかった。

ペナルティの中でもとりわけ、水槽の苔取りが苦手だった。三角定規をガラス面に当て、苔をこすり落とすのだ。どこからやって来て何をもとに増殖するのか、掃除をしてもしても苔は生えてきた。

水槽にはゴールデンネオンテトラが十四、グッピーが八匹いた。ゴールデンネオンテトラは底の方を、グッピーは水面の近くを泳いでいた。まず手を水に浸すところからして勇気がいった。冷たくもなく温かくもない中途半端な温度は、人を不穏な気持にさせた。水草が揺らめき、熱帯魚たちが自由に泳ぎ回る水槽は彼らの領分で、明らかに私はよそ者だった。踏み越えてはならない境界を侵している悪い子だった。三角定規に書かれた私の名前は、水の中で奇妙に歪み、何かおぞましいものの名前のようになっていた。

彼らが手を突きにきたらどうしよう。びくびくしながら私はガラスに沿って三角定規を滑らせる。罰に相応《ふさわ》しい、キシキシという不快な音がする。彼らは水草や流木の陰に潜み、こちらの様子を注意深く窺《うかが》っている。私の手は震えている。定規の縁から舞い上がった苔が、水を濁らせる。その濁りを潜《くぐ》り抜け、彼らは不意を突いてくる。尾びれが甲をくすぐる。鰓《えら》が動くたび、蛇腹になった内側がちらちらと覗《のぞ》く。一匹が三角定規の一辺をかすめてゆく。生臭く、ぬるぬるとした感触が指先に残る。咄嗟《とっさ》に、末の妹の黒目を握ったのか、と錯覚する。

続き柄が示すとおり、私たちは遠い親戚で、家も裏庭を挟んで隣り合っていたものの、大して付き合いはなかった。関係が縮まったのは、熱帯魚がきっかけだった。ある日、離れた町に住むおじいちゃんが危篤との知らせが入り、家族全員、慌ただしく家を空けることになった。おじいちゃんは彼女とは比べものにならないほどに簡潔な、父方の祖父、の一言で言い表せる続き柄だった。パパは大事な熱帯魚の餌やりを彼女に頼んだ。

「くれぐれもやり過ぎには注意して下さい。あなたが思うよりずっと少なくて十分なんです。沈んでゆく速度を見計らいつつ、二、三回、間をあけて、ほんの少しずつ」

死にかけた父親より熱帯魚の方が心配、とでもいうような口振りだった。

結局、亡くなったおじいちゃんのお葬式を済ませ、家に帰ってきた時には丸一週間が過ぎていた。パパは一番に水槽の様子を確かめた。ゴールデンネオンテトラもグッピーも元気だった。それどころか、一回り大きくさえなっていた。鱗《うろこ》はきらめき、お腹には張りがあり、ひれの動きはきびきびしてスピード感にあふれていた。水中には食べ残した餌の欠片《かけら》一つなく、ガラスの苔は綺麗に掃除されていた。これまでの可愛がり方に反省を求められるような気分に陥るほどの、明らかな変わり方だった。

以来、家族の間で彼女が話題に上ることが多くなった。

「今度いつ誰かの葬式があっても、〝ママの大叔父さんのお嫁さんの弟が養子に行った先の末の妹〟がいてくれさえすれば安心だ」

「苺ジャム、作りすぎたから、お裾分けしようかしら。〝ママの大叔父さんのお嫁さんの弟が養子に行った先の末の妹〟、甘いものが苦手じゃないといいんだけど」

「ちょっと、タバコを吸いすぎじゃないか、あの……あっ、〝ママの大叔父さんのお嫁さんの弟が養子に行った先の末の妹〟は」

こんな具合だった。その分、ペナルティを受ける危険も増えた。

「しゃし、って何？」

これが初めて、末の妹に掛けた言葉だった。勧められてもいないのに私は、デッキチェアの片側の肘掛にちょこんとお尻を載せた。思いの外彼女の横顔がすぐそばにあった。

「写真の、ん、を忘れたのかなあ……」

吐き出した煙が宙に吸い込まれ、消えてなくなるのを待ってから、彼女は答えた。

「あるいは、会社の歴史なのか……もしかすると、度を越した贅沢のことかもしれない」

真剣に考えてくれているのは察せられたが、ぼそぼそした声は聴き取りづらく、説明も訳が分からなかった。

近くで見ると尚さら黒目は妖しげだった。耳も鼻も唇も首も小ぶりなのに、目だけはしっかりした大きさがあった。こちらのすべてが見透かされる、というのとは逆で、黒目の向こうにある、彼女の内側の景色が浮かび上がってきそうな奥行きがあった。どこまでも深く濁りがないため、あらゆる明かりを吸収し、かえって白っぽく光っていた。そのうえ注目すべきなのは、二個の黒目が常にすれ違っていることだった。片方が前方を見やればもう片方は斜め上向き、片方が下を向けば片方は斜め内側、といった調子で、お互い協調する気配が全くなかった。右と左、各々の視線は微妙にすれ違ったまま、ひとときとして寄り添う素振りもなく、ただひたすら独自の方向を貫いていた。日頃、協調性がないと担任の先生から繰り返し注意されても、どう直したらいいのか分からないでいた私にとって、彼女の二個の黒目こそが、謎の意味を象徴しているように見えた。

「しゃし、って案外、ややこしいのね」

「うん、まあ、そうだろうね」

その時末の妹は、デッキチェアに寝そべってタバコを吸う以外、特別何もしていなかった。本は背中の下に潜《もぐ》り込み、野良猫の姿はなく、小鳥のさえずりも遠かった。何をしているの？　と問うと、空を見ている、と答えた。薄い水色が広がる中に、所々雲が浮かぶ、ごくありふれた春の空だった。しかし黒目のせいで何に焦点が当たっているのか、判然とはしなかった。本当に雲の流れを追っているのかもしれないし、デッキチェアの傷を数えているのかもしれない。あるいは片方の目で地面のすれすれで揺れる私の足を見つめながら、もう片方はただ宙をさ迷っているだけなのかもしれない。

私はいっぺんで彼女の黒目の虜《とりこ》になった。何を見ているかなんて、他人に分からせる必要がどこにある？　自分自身だってそんなこと、別に知りたくもない。あの厄介で鬱陶《うっとう》しい協調というものを、これほどきっぱり無視している二個の黒目に、私は畏敬の念を抱いた。

　暇があると私は裏庭に出て、デッキチェアの肘掛に座り、末の妹の黒目を観察した。彼女は別段嫌がりもせず、気の済むまで好きにやらせてくれた。裏庭は不思議な作りになっていた。表通りに面した私の家と隣家の間にある、人一人がやっと通れる路地を抜けると、不意に、壁に囲まれた空間が現れ出る。路地の続きとも、共有の庭とも、単なる空き地とも言える四角い空間に、末の妹の平屋は建っている。古びてはいるが、きちんとした造りのこざっぱりした家だ。そこは誰の土地なのか、借家なのか、そもそも家を建てても構わない場所なのか、あいまいなようだった。誰が世話をしているのか知れない植木鉢が、置きっぱなしになっていたりする。デッキチェアでさえ末の妹のものと、はっきりしているわけではない。狭いわりに日当たりはよく、風が気持よく吹き抜ける。近所の人々は皆、近道をするため自由に末の妹の前を通り過ぎてゆく。子どもたちは三輪車を乗り回し、小枝で地面に丸を描き、ケンパをして遊ぶ。

　きっと空から眺めたら、そこはぽっかりと切り取られた、箱のように見えるだろう。彼女のサイズに見合う、彼女のためだけに差し出された小さな四角だ。そこに納まるのは一人きりだけれど、協調することのない二個の黒目を持つ末の妹は、泣き言を口にしたり、寂しがったりはしない……。そんなふうに、私は考える。

末の妹は町で一番大きなデパートに、高校卒業後から定年まで勤め上げた、当時としては珍しい職業婦人だった。正確に言えば、途中、結婚により三年ほど退職していた期間があるのだが、離婚したあと復職したのだ。末の妹が含まれるほど範囲を広げても、親戚の女性たちで、退職金をもらったのも離婚をしたのも、彼女一人きりだった。

親の勧めに従い結婚した相手は、デパートの裏で薬局を営む薬剤師であったらしい。

「初めての赤ちゃんが、死産だったせいで、上手くいかなくなったみたい」

と、ママは言った。しざんとは何か、直接、末の妹に尋ねたりはしなかった。死産のしは、斜視のしとは意味が違って、あまり気安く口にすべきではないと、子どもの私にも分かっていたからだ。

デパートに復帰した末の妹は、再び一番下っ端からやり直した。エレベーターガールや案内嬢といった表舞台とは縁遠い、事務所、警備員室、倉庫などが主な職場だった。四角い箱の中の家から、彼女は毎日自転車でデパートへ通った。表通りへ出るため、狭すぎる路地を通り抜けるには、ハンドルが両側の家の壁をこすらないよう、注意が必要だった。雨の日には大きすぎる合羽で全身を覆い、真夏にはアスファルトの照り返しの中、麦わら帽子のあご紐を堅結びにして、ペダルを漕いだ。急な用事で休む同僚の穴埋めは進んで引き受けながら、自らの有給休暇はたいてい消化しきれないままだった。

従業員用の自転車置き場は薬局の向かいにあった。薬局の前を通るたび、白衣姿の元夫の姿が目に入ったが、お互い、儀礼的な挨拶さえ交わすことはなかった。ほどなく元夫は再婚し、子どもにも恵まれたという噂が耳に入ってきた。女の子だった。何度か末の妹は、母親に連れられ薬局に遊びに来た赤ん坊の姿を見かけた。協調しない二個の黒目のおかげで、ようやく生まれてきた赤ん坊を盗み見しても、元夫に気づかれる恐れはなかった。

一人で留守番をしている時、末の妹を家へ招き入れ、一緒に熱帯魚を眺めた。水槽は玄関と台所をつなぐ廊下の途中に置かれていた。私たちは硬い床に両膝を立て、パパが手作りした台に指を引っ掛け、睫毛《まつげ》がガラスに触れるほど顔を寄せて、長い時間じっとしていた。水の中に手を突っ込みさえしなければ、びくびくする必要はなかった。頑丈なガラスの板が、熱帯魚と私を安全に隔ててくれていた。

「ぶつからずに、上手に泳いでる」

私は言った。

「お利口だからね」

と、末の妹は言った。

「鳥も、蝶々も、ぶつからないね」

「そう。皆、お利口」

熱帯魚を驚かせないよう、私たちは小声で喋った。廊下は薄暗く、家じゅうが静まり返っていた。ひとときも休まず泳ぎ続けている彼らでさえ、物音一つ立てていなかった。耳に届いてくるのは二人の息遣いと、水槽に取り付けられたモーターの規則的な音だけだった。私たちの体は、デッキチェアに座っている時よりずっと近くにあった。

ゴールデンネオンテトラとグッピー、好き勝手に泳いでいるようでありながら、お互いの縄張りはきちんと守られていた。

「尾びれが花びらみたいに大きくて派手なのがグッピー。骨が透けて見えるのが、ゴールデンネオンテトラ」

末の妹に、私は教えてあげた。

「どっちが好き？」

そう尋ねると、視線を自分の手元に落とし、少し考えてから、

「どっちも」

と答えた。いつもタバコを挟んでる左手の指先が、薄茶色に染まっているのが目に入った。

私は断然、ゴールデンネオンテトラの味方だった。グッピーが水面の近くで、赤やブルーやクリームや黒に彩られた尾びれを、これ見よがしにひらひらさせている間、ゴールデンネオンテトラは遠慮がちに水底の石を突いていた。名前はゴージャスなのに、見た目は貧相だった。近所の農業用水に放されたとしても、きっとメダカか何かに間違われ、誰にも気づいてもらえないだろうと思われた。体は半透明で、グッピーの半分ほどの大きさしかなく、唯一の印と言っていい、頭から背びれに続

くブルーのラインも、途切れ途切れで頼りなかった。眼球をくるりと囲む途中、誤って絵具が流れ出した、とでもいう具合だった。

「骨が丸見えって、気の毒じゃない？」

私は言った。

「半分、消えかかってるみたいで、可愛そうな感じ」

「うん、でも、とっても綺麗な骨」

いっそうガラスに顔を近づけて、末の妹は言った。

確かに、骨は規則正しく、清らかだった。背骨からひれの先端まで、全身に張り巡らされ、一本として揺るぎがなかった。グッピーの尾びれよりもずっと慎ましやかに、自分の居場所を守っていた。

「お葬式の時だけじゃなく、いつでも家に来て、餌をやってもらえたらいいのに」

私は言った。

「お世話があんなに上手なんだから」

水槽にはそろそろ苔が発生しはじめていた。

「いえ、いいえ。とんでもない」

末の妹は目を伏せ、何度も首を振った。

「あそこにいるあの子、背びれの先がギザギザになってる……」

話題を変えるように彼女は、薄茶色の指先でガラスをなぞった。

「一番体の大きなこの子、尾びれのウエーブの数が一つ多い」

どの熱帯魚たちも、彼女から逃れることはできなかった。二個の黒目はすべての熱帯魚を焦点に収めつつ、同時に一匹一匹の違いを見極めていた。

「岩のとんがりに隠れてる子、目の縁に白いポッチがある。まるで泣いてるみたい」

私は彼女の視線を追いかけるが、追いついた時にはもう、彼らはどこか違う場所を泳いでいる。

「あっ」

どちらからともなく声が上がった。水草の間を行き来し、熱心に底を探索していた一匹のゴールデンネオンテトラの口に、砂粒が挟まったのだ。ネオンテトラはお腹をうねらせ、どうにか砂粒を吐き出そうともがいていた。いかにも焦った様子ながら、大きく口が開いたままの表情は、どことなくひょうきんにも見えた。口の周りは体よりも更に薄く透き通っていた。

何度か頭を上下させたあと、ようやく砂粒は転がり落ちた。私たちは顔を見合わせ、一緒に笑った。ネオンテトラは素知らぬ振りで再び水草の向こう側へ泳いでゆき、仲間たちの群れに紛れ、やがてどれが慌てもののネオンテトラだったか、区別がつかなくなった。その間も相変わらずグッピーは、自慢の尾びれをなびかせていた。

彼女の二個の黒目には、それぞれゴールデンネオンテトラとグッピーが両方映っている。素早く泳ぐ彼らの動きに合わせ、黒目も自在に回転し、交差する角度を変えながら、水槽の隅々をとらえている。ネオンテトラが群れになって横切ると、透明な軌跡が浮かび上がり、グッピーが身を翻《ひるがえ》すと小さな虹が架かる。骨もひらひらも、黒目の中では平等に美しい。

いくつか異動した部署の中で、末の妹が自らの能力を最大限に発揮したのは、警備課迷子係だった。備品管理より伝票整理より、迷子の扱いこそが彼女に最も相応しい仕事だった。

毎日必ず、迷子は現れた。お客さんの姿もまばらな雨降りの水曜日の午前中でさえ、例外ではなかった。デパートをデパートとして成り立たせている必要不可欠な要素、と言ってもいいくらいだった。香水売り場の棚の下、防火扉の裏、観葉植物とベンチの間、非常階段の踊り場、車椅子用トイレ、試着室、バーゲン会場、食堂街……。デパートには迷子にうってつけの場所が、そこかしこにあった。

彼女は一日中売り場を巡り、迷子を捜した。警備員室に駆け込んできた親から特徴を聴き、それをもとに捜す場合もあれば、親にまだ気づいてもらえず、混乱に陥っている子を発見する場合もあった。いずれにしても彼女が出動さえすれば、事は解決に向けて速やかに運んだ。

「私も迷子になったことある。市立動物園だったけど」

足をぶらぶらさせるたび、デッキチェアはつなぎ目が軋《きし》んで音がした。剝《は》げたペンキがももの裏に刺さってチクチクした。

「でも、泣かなかった」

「うん、お利口」

スカートのポケットから新しいタバコを取り出し、ライターで火を点けながら末の妹は言った。デッキチェアの下には踏み潰《つぶ》された吸い殻が何本も散らばっていた。

四角い庭は光にあふれ、そよ風に揺れる木々の影が壁にまだらな模様を描いていた。壁際でケンパをして遊ぶ、私より小さな子どもたちの声が始終聞こえていたが、それは風に乗って路地の奥へ吸い込まれてゆき、少しも邪魔にならなかった。

「迷子を見つけるコツってある？」

私は尋ねた。

「さあ、どうかなあ……」

スカートの裾からふくらはぎがはみ出していた。地面の丸の中に、片足で勢いよく飛び込む子どもたちと変わらないほどの、小さなふくらはぎだった。

「特別、コツはないかな。迷子はとっても可愛そうだから、すぐに見分けられる」

「たいていの子が、泣いちゃうね」

「平気な振りをして、涙を我慢してる子もいるけど、無駄な努力」

「ふうん」

「迷子は迷子の合図を全身から発してる。バーッと、とめどもなく」

「どんな合図？」

「うん、まあ、どんなと言われても……」

しばらく口ごもってから、末の妹は言い足した。

「一人ぼっちでいる子どもくらい可愛そうな生きものは、他にいない」

きっと彼女の黒目だけに分かる合図なのだろうと、私は自分を納得させた。

末の妹は、広々としてなおかつ入り組んだデパートの、あらゆる場所に視線を届かせた。世界との協調を見失った子どもを発見するのに、彼女の二個の黒目は最適だった。それは決して、可愛そうな子を見逃さなかった。

ベテランの彼女はもはや、理屈ではなく、微かな気配だけで迷子のいそうな地点に見当をつけることができた。空気の流れ、お客さんたちのざわめき、館内放送の響き、照明の色味等々、あらゆる物事がヒントになった。恥ずかしさから、あるいは絶望から、薄暗がりに身を潜めるようにしている子でも、ちゃんと救い出した。彼女はいきなり大きな声で話しかけたりはしない。まずは、目配せを送る。可愛そうな合図を受け止めるための、二個の黒目にしかできない目配せ。そのあと、無言のまま背中に掌を当てる。それが末の妹のやり方だ。子どもの背中の小ささに程よく合う手は、相手を怖がらせない密やかさを備えている。

迷子は警備員室へ導かれてゆく。ある子は何が何だか分からないといった様子で泣きじゃくり、また別のある子は、猜疑心《さいぎしん》を拭《ぬぐ》い去れず、口をへの字に結んでいる。けれど全員が例外なく、末の妹と手をつなぐ。初めて触れる手と手であるのに、それは必ずすんなりとお互いの中に納まり合う。手のつなぎ方を知らない子は一人もいない。その瞬間、彼らは一人ぼっちの迷子ではなくなる。

警備員室で乳酸菌飲料を一本、飲ませてもらっている間に、案内嬢が館内放送をする。「黄色いチェックの吊りスカートに、お花模様のブラウス、赤いポシェットを提げた四歳くらいのお嬢さんを……」「飛行機が編み込まれた紺色のセーターに黒いズボン、白いズックの坊やが……」「……お心当たりのお客様は、お近くの従業員までお知らせ……」

お迎えが来るまで彼らは、それ用に用意されているちょっとした玩具で、案内嬢に遊んでもらう。まだ一度も子どもを産んだことのない若い案内嬢は興味津々で、ぬいぐるみを迷子の鼻に押し当てたり、ミニカーをお腹に走らせたりしてはしゃぐ。邪魔にならないよう末の妹は、警備員室の片隅、配電盤とキーボックスの間に黙って立っている。ついさっきまで感じていたはずの、迷子の手の温もりは、いつの間にか消えている。皆すぐに、誰が迷子を見つけてきたか忘れてしまう。それは遅かれ早かれ簡単に見つかるもので、別に誰の手柄でもないのだと思い込んでいる。けれどただ一人、迷子本人だけは知っている。末の妹に、特別選ばれた能力があることを。

やがて親が迎えに来る。本来いるべき場所に、彼らは帰ってゆく。警備員室を出る時、ほんの一瞬だけ迷子は振り返り、配電盤とキーボックスの間に目をやる。二人の視線が交差するのに気づく者はいない。

「ケンパ、ケンパ、ケンパ」

飽きもせず子どもたちは遊び続けていた。投げた小石が円からはみ出したり、バランスを崩して尻餅をついたりするたび歓声が上がり、ひとときたりとも静まることはなかった。一人、二人、思い出した頃に、近道をする大人がケンパの円とデッキチェアの間を早足で通り過ぎていった。

「ここには、一人ぼっちの子はいないね」

私は言った。うなずいたのか、微笑《ほほえ》んだのか、末の妹は口元をわずかに動かしただけだった。私はわざと足をぶらぶらさせ、デッキチェアを鳴らした。それからお尻を浮かせ、地面の吸い殻を靴底で潰した。雑草の汁とニコチンの混ざったにおいが立ち上ってきた。

「あなた以上に優秀な迷子係はいた?」

私は尋ねた。名前のない人をどう呼んだらいいのか、末の妹、と言ってしまったらやはりペナルティになるのか、それは難しい問題だった。あなた、という一言は自然と小声になった。

「迷子になった時、私も、あなたに見つけてもらいたかった」

末の妹は何も答えなかった。

ある日、いつものように二人で水槽を眺めていると、いきなりグッピーのお産がはじまって大騒ぎになった。もっとも、慌てているのは私だけで、末の妹は落ち着き払っていた。

「熱帯魚に赤ちゃんを産ませたことがあるの?」

思わず私は口走った。

「いいえ」

きっぱりと彼女は否定したが、泰然としたその態度は、経験者にしか見えなかった。指示は的確で、一つ一つの作業に無駄がなかった。

グッピーのお産が近いことはパパにも分かっていた。膨らんだお腹は輝くばかりに艶めき、尾びれの付け根には特有の黒い印も現れていた。だからいつ生まれてもいいよう、稚魚のための小さな水槽を用意し、カルキを抜いた水も入れてあった。ただ、あまりにも楽しみにしすぎたせいで待ちくたびれ、つい油断して出掛けてしまったのだ。

「あっ、黒目が……」

お産は、末の妹が発したこの一言が起点となった。確かに膨らみすぎて薄くなった皮の向こう側で、極小の黒い点が数個、うごめいていた。半透明のゼリー状の膜に包まれながらも、その黒色はくっきりと浮かび上がって見えた。

「赤ちゃんの目よ」

と、彼女は言った。

「お腹の中で卵が孵《かえ》ったの」

意味が理解できずに私は、「えっ」と聞き返した。まだ生まれていないものと、既に存在しているものが、こうもあからさまに混在している状況を、どうとらえたらいいのか分からず、混乱した。透けて見える黒い点々はどれも、協調などする様子もなく、好き勝手に回転していた。そうこうしている間にも、どんどん事態は進んでいった。

明らかにグッピーは落ち着きをなくしていた。頻繁に体をくねらせ、方向転換をしたかと思えば、放心したように水面近くを漂ったりした。尾びれの動きにいつもの優美さはなく、ただ心細げに打ち震えているだけだった。そのうちグッピーは水槽の角に口先を寄せ、水面から底へ、底から水面へと忙しく上下に泳ぎだした。いつかはち切れるのでは、と怖くなるほどにお腹はパンパンだった。黒目たちもその色をいっそう濃くしていた。

私たちは背中を丸め、どちらからともなくもう半歩だけ近づいた。デッキチェアに座っている時と同じ、タバコのにおいがした。

「あっ」

二人は同時に息をのんだ。お母さんは誰からどんなサインを受け取って、大事なその時を知るのだろう。末の妹に問いかけようとした瞬間、最初の一匹が誕生した。それは透明な糸くずと同じだった。ただ二個の黒目だけが、それが単なる糸くずではなく、どんなに小さくてもきちんとした生きものであることを、証明していた。

「大変、大変」

不意に私は、パパが言っていた恐ろしい言葉を思い出した。

「生まれたばかりの赤ちゃんをね、お母さんは食べちゃうの。食べようと思わなくても、ついうっかり、口を開けた拍子に飲み込んでしまうのよ」

「赤ちゃん用の水槽を、こちらへ」

末の妹は言った。いつの間にか彼女は、赤ちゃんをすくうための小さな網を手にしていた。

間を置かず、次々と赤ちゃんは生まれてきた。もう数える暇もなかった。我慢がならず、お腹から飛び出したはいいが、一体自分に何が起こったのか知る術《すべ》もなく、助けを求めるように滅茶苦茶な方向へ散らばっていった。彼らはあまりにか細く、いてもいなくても同じようでさえあった。

「さあ、落ち着くのです」

末の妹は網を水中に差し入れ、素早く手首をひねりながら、みるみる赤ちゃんたちをすくい上げていった。

「もう少し水槽を上へ」

「はい」

私は言われた通りにした。

岩の窪みや水草の根元やフィルターの後ろ側や、思いも寄らない場所に赤ちゃんたちは飛び散っていた。目印は黒目だけだった。まさに大人のグッピーに吸い込まれる寸前、という一匹もいた。それを末の妹は一瞬の網さばきですくった。協調しない二個の黒目が、極小の黒い点々を救出していった。

終わってみればあっという間だった。私たちはしばらくお母さんのお腹を凝視し、新しい赤ちゃんが出てこないかどうか、念には念を入れて待ったが、その気配はなかった。グッピーは落ち着きを取り戻していた。自分が成し遂げたことに思いをはせるでもなく、赤ちゃんの行方を心配するでもなく、優美に尾びれをなびかせていた。

「迷子はもういないかな」

二個の黒目をもう一度水中の隅々に向けながら、末の妹は言った。

赤ちゃんたちは専用の小さな水槽で泳いでいた。生まれ落ちた直後の混乱は収まり、もはや何の心配もないといった様子だった。自分たちが迷子にならずに済んだことを、よく分かっていた。

「赤ちゃんが、生まれたよ」

パパが帰ってくるとすぐ、私は興奮して報告した。

「一匹も食べられなかった。大丈夫だった」

肝心のタイミングを逃したと知り、パパはたいそう残念がった。

「元気に泳いでるよ。昼間より、体もしっかりしてきたみたい」

パパは小さな水槽を覗き込み、一匹、二匹、三匹……と赤ちゃんを数えようとしたが、皆ひとときもじっとしていないので、何度も数え直ししなければいけなかった。

「目にも止まらぬ速さですくったの。網をこんなふうに動かして。とっても上手い具合にやってくれたよ、末の妹が……」

「はい、ブップー」

すかさず兄が〝アウト〟のジェスチャーをした。

「水槽の苔取り」

ブザーの音が消えるか消えないかのうちに、パパはペナルティを言い渡した。それから再び、赤ちゃんを最初から数えはじめた。

私には秘策があった。次に苔取りを命じられる時に備え、学校の図書室で図鑑や水中生物の読み物や写真集を借り、熱帯魚と苔について研究を重ね、いつでも行動に移せるよう手はずを整えていた。

それは、熱帯魚たちの居場所を侵害する罪悪感に苛《さいな》まれることも、黒目に触れる錯覚におののくこともなく苔を取り除ける、素晴らしい方法だった。

『……観賞魚とヌマエビを同時に飼育すれば、水槽内の苔を食べてくれるので、とても助かります。いつでも水をきれいに保っておくことができます。同じ水槽に入れても、彼らはけんかをしません。ヌマエビは優しく、協調性のある性格なのです』

学校からの帰り道、陸橋を渡って国道沿いに進むところを左に折れ、小道をほんの数分歩いてゆくと、農業用水に行き当たる。田んぼの縁まで下り、水際に生い茂る草をかき分ければ、いくらでもヌマエビはいる。注意すべき点は、縁を下りる時、勢い余って用水に落ちないこと、それだけだった。あとはバケツで底をさらうだけで、彼らは勝手に中に入ってくる。

図鑑でヌマエビの姿かたちもちゃんと確認してある。体長は四センチほど。メスの方が大きい。ゴールデンネオンテトラより少しだけ不透明で、薄茶色の体に赤銅《しゃくどう》色のラインが飛び飛びに走っている。長いひげと、口先に四本短い触角が生えている。突起した目は、黒々として硬い。

私は放課後、ヌマエビを捕まえてカブトムシの飼育箱に入れ、裏庭に隠しておいた。それを夜、廊下の電気が消されたあと、二つの水槽に忍び込ませた。大きい水槽には八匹。小さい水槽には三匹。小さい水槽にはまだ苔は生えていなかったが、いずれどこからともなく現れ出てくるのだから、予防のために今からヌマエビを入れておくのがいいだろう、と考えたのだ。

飼育箱から水槽へ、彼らは大人しく移動した。嫌がって暴れる子は一匹もいなかった。ポチャンと、控えめな水音がするだけだった。暗くてはっきりはしなかったが、ガラスの向こうを長いひげがゆらゆらしながら底までたどり着く様が、見える気がした。やがて水槽は二つとも、静かになった。


結局、赤ちゃんは全部で何匹生まれたのだろう。初めてのお産だから、それほどたくさんじゃない、二回、三回と回数を重ねるうち、無数というくらいに増えるんだ、とパパは言っていた。なぜか自慢気な口調だった。けれどももはや、正確な数字を知ることはできない。赤ちゃんは死んでしまった。大人のグッピーもゴールデンネオンテトラも皆、一匹残らず死んだのだ。

デッキチェアの肘掛で、私は泣いていた。夕暮れが迫り、空は光と暗がりが入り混じった複雑な模様に染まっていた。ケンパをしていた子どもたちは、知らない間に家へ帰ったらしく、四角い庭には私と末の妹、二人きりだった。地面には小枝で描かれた輪の連なりと、小石が残されていた。ついさっきまで子どもたちが握っていた小石は、優しい丸みを帯び、いかにも輪の中をころころと元気よく転がりそうな形をしていた。

末の妹は、私が何か喋れば黙ってうなずき、泣きじゃくって喋れない時は普段と同じ様子でタバコを吸い、自分からは言葉を発しなかった。喉がヒクヒク痙攣《けいれん》して、結局は何を言いたいのか、私自身にも聴き取れないほどだったが、彼女は「えっ？」と問い返すこともなかった。

裏庭に面した台所の小窓から、夕食の準備をするママの顔が見えた。フライパンがジュウジュウいう音と、豚の脂の焦げるにおいが漂っていた。兄弟たちが走り回る足音も聞こえてきた。朝から一言も口をきいてくれないまま仕事に行ったパパは、まだ帰ってきていないようだった。

勝手口の脇には、水槽があてつけがましく転がっていた。大きいのが一個と、小さいのが一個。中は空っぽだった。ガラスにこびりついた苔は変色し、乾燥してすっかり薄汚くなり、つい昨日までその内側を彩っていたはずのゴールデンネオンテトラの透明な骨や、グッピーの尾びれの名残は、欠片も見られなかった。

「知らな……かった……の……。こんな……ふうに……なる……なん……て……」

途切れ途切れの言葉を、私は一生懸命つなぎ合わせた。末の妹はデッキチェアから手をのばし、地面にタバコの灰を落とした。顔は空の方を向いていた。しかし片方の黒目の視界には、涙と鼻水でぬるぬるになった私の横顔が映っているのが分かった。

翌朝起きると、熱帯魚は全滅していた。ヌマエビが全部食べてしまったのだ。ヌマエビは優しくもなければ、協調性もなかった。いや、そもそもあれは、ヌマエビではなかったのかもしれない。見た目は似ていても、性格は正反対の獰猛《どうもう》な肉食エビだったのだろう。そうでなければ一晩で、グッピーとゴールデンネオンテトラを、大人も赤ちゃんもいっぺんに食べてしまうなどということが、できるはずもない。

「ごめ……ん……な……さい……」

朝からずっと家族中に向かって口にしてきた一言を、私は裏庭でも繰り返した。たった一週間で熱帯魚たちを大きく、美しく変化させ、初めてのグッピーのお産を無事にやり遂げた末の妹にこそ、自分は最大の謝罪の気持を示すべきだ、という気がした。少しずつ空は光を失い、裏庭には暗がりが広がりはじめていた。指先に挟んだタバコは随分短くなっていた。彼女がそれを口にくわえるたび、灰の中で弾ける小さな火が見えた。汗ばんでいるのか、カールした前髪が額に張りついていた。

けれど表情は影に沈んで窺うことができなかった。

私が惨状を発見した時、まだ食事の途中だったらしく、一匹のヌマエビの口からはグッピーの尾びれがはみ出していた。それは皺《しわ》くちゃになり、ギザギザになり、色を失っていた。ひも状にちぎれた肉片が、ひげと絡まりそうになりながら、力なく揺らめいていた。

食べられていない熱帯魚はいないか、大きな水槽、小さな水槽、両方を懸命に捜した。グッピーのお産の時、末の妹が使った網を手に、水草を一本一本より分け、砂利と岩の境を掘り返し、あらゆるところに目を凝らした。末の妹のような黒目を持っていない自分がもどかしかった。

熱帯魚は一匹もいなかった。いくら網を動かしても渦ができるばかりで、あたりはひたすら、がらんとしていた。底の方でヌマエビたちが、長すぎる脚を持て余し、砂利に引っ掛かりながらぎこちなく歩いていた。

渦と一緒に、ヌマエビのフンが舞い上がった。一瞬、グッピーの赤ちゃんかと見間違えるほどに、糸くずに似ていたが、落ち着いてよく見れば、やはりただのフンだった。色は濁ったこげ茶で、折れ曲がったり節くれがあったり、どれもいびつな形をしていた。それらが力なく水中を漂い、互いにぶつかり合い、あるいは絡まり合いしつつ、ゆっくりと底に沈んでいった。

あの熱帯魚たちが皆、このフンになってしまったというのか。透き通った体で底の方を泳ぐ思慮深いゴールデンネオンテトラも、堂々と自らを主張する誇り高いグッピーも、生まれたばかりの瑞々しい赤ちゃんも、背骨も尾びれも鱗も鰓も、何もかも全部がこのフンに……。

水の滴る網を手に、私は立ち尽くした。つい昨日の夜まで生きて泳いでいたものたちが、どうやったらこうも無力なものになってしまえるのか、不思議でたまらなかった。私はもう一度網を突っ込み、水をかき回した。再び浮上してきたフン、一つ一つを凝視した。もしかしたら黒目だけは無事かもしれない。生まれていないうちから、生命の印のようにくっきりと刻まれている黒目であれば、体中が消化されたあとでもまだ、きっとフンの中でうごめいているはずだ。協調などものともせず、独自の方角に視線を向けているに違いない。

しかしどのフンにも、生命の印は見当たらなかった。それらはヌマエビたちの背中をかすめ、砂利の上に舞い落ちていった。

「ごはんよ」

小窓からママが呼んでいた。

涙は止まりそうになかった。裏庭に差していた西日は去り、ケンパの丸も空の水槽も暗がりに紛れて見えなくなっていた。

「ごは……ん……なんか……食……べた……くな……い」

末の妹にだけ聞こえる声で、私は言った。彼女は無言でタバコを踏み消し、自分のスカートをたくし寄せると、汚れるのもお構いなしに私の顔を拭った。

「さあ、お家にお帰り」

末の妹は言った。

「自分のお家に」

暗がりの中でも、二個の黒目は光を失っていなかった。

「早くしなさい」

次の日曜日、末の妹がデパートへ連れて行ってくれた。以前彼女が働いていた、町で一番大きなデパートだ。自転車ではなく、路線バスを使ったので、薬局の前は通らずにすんだ。

中は冷房が効いて気持よかった。最初から、買い物をするつもりはないらしい、ということは察していた。まず彼女はエスカレーターで地下から屋上まで、一階ずつ様子を見て回った。フロアの中央あたりに立ち、混雑の状況、お客さんの雰囲気、棚の配置などをざっと見渡し、すぐに次の階へ移った。その間ずっと私の手を握っていた。デッキチェアでタバコを吸っている時より、心なしか手が大きく感じられた。

「お勤めしていた頃と変わってる？」

私は尋ねた。

「いいえ。デパートはやっぱり、デパートよ」

素っ気なく彼女は答えた。

大賑わいの売り場もあれば、さほどでもない階もあった。しかしどこにも必ず、子どもたちはいた。お父さんに肩車されている子、ベビーカーで熟睡している子、床に座り込む子、ショーケースの中を一心に見つめる子。いろいろだった。

「オッケイ。6階の家具売り場にしましょう」

と、末の妹は言った。できれば私はおもちゃ売り場か、手芸用品の売り場がよかったが、元迷子係としての考えがあるのだろうから、余計な口出しは慎んだ。

「案外、混んでいない場所が落とし穴なの」

大事な秘密を打ち明けるような口調で、彼女は言った。

「あそこは売り物が大きいから、死角がたくさんある。そのせいで大人たちは方向感覚が変になって、子どもたちは妙に、我を忘れてしまうの」

私たちは6階に降り立ち、従業員とお客さんたちの動きに気を配りつつ、最適のポイントを探した。

「ここがいい」

末の妹に迷いはなかった。さすが元迷子係だ、と私は感心した。そこはベッドと飾り戸棚と本棚の売り場の境にできた隙間だった。少し埃《ほこり》っぽく、ニスのにおいがして、裏庭に通じる路地と同じくらい狭かった。

「準備はいい？」

私はうなずいた。

「じゃあ、また、すぐあとでね」

彼女は手を離した。その瞬間、私は迷子になった。

彼女の姿が見えなくなった途端に、家具売り場のざわめきが遠のき、隙間の静けさが増した。さて、迷子としてまずどう振る舞うべきか。改めて考えてもいい案は浮かばず、落ち着きなくきょろきょろしながら、ベッドヘッドを一つ一つ触って素材の違いを確かめたり、飾り戸棚のてっぺんに施された彫刻の穴に指を突っ込んだり、本棚の裏板に広がるニスの模様を眺めたりした。やがて思いつく限りのことをやり尽くし、適当なベッドの角に腰掛けた。ビニールの覆いが太ももの裏にペタペタ張りついて気持悪かった。

ベッドを品定めしているお客さんが何組かあった。飾り戸棚は豪華で綺麗なものが多いせいか、大勢の人がひやかしていた。本棚の前には誰もいなかった。幾人かが隙間の前を通り過ぎ、中には、こちらに視線を送ったのかな、と思わせる人もいた。しかし迷子に気づく人はいなかった。

私はついさっきまで握っていた末の妹の手を思い出していた。ほんのりと汗ばんで、関節が硬く、皺の多い手だった。それが小さな網を操り、生まれたばかりのグッピーを次々捕獲していったのだ。ぱっと飛び散った黒い点々が網の中に消え、次の瞬間、中断などなかったかのように、もう一つの水槽で再び上昇しはじめる、その一続きの軌跡がよみがえってきた。

もう一度、自分を取り囲む家具を見やった。どれもこれも、よそよそしかった。まだ誰のものでもなく、落ち着くべき場所を見つけられず、とりあえずそこに置かれ、居心地が悪そうにしている家具ばかりだった。スプリングに用いられている新技術について、熱心に説明している店員がいた。飾り戸棚のガラス戸を全部、開けたり閉めたりしている客がいた。レジカウンターでは、クッションを梱包しようと、若い女性店員がごわごわする大きな茶色い紙と格闘していた。

すぐ目の前にニスの模様があった。大雑把な刷毛の跡と木目が接近し、合流し、そこから細い筋がいくつも滴っていた。光の加減で浮かび上がる濃淡が、その形をより気味悪いものにしていた。決して解読されてはならない、邪悪な呪文のようだった。一旦口にしてしまえば最後、世界の一部がひっくり返るような事態に陥るだろう、と思われた。例えば、熱帯魚が全滅してしまうような事態に。

気づくと私は泣いていた。パパはまだ口をきいてくれなかった。勝手口の水槽はみるみる薄汚れ、雨水が溜まり、苔が復活して異臭を放っていた。泣くことに慣れたからだろうか、涙は自然にあふれ出てきた。ただ声は上げないように注意した。迷子になったくらいで、小学生がしゃくり上げるほど泣くのはさすがに気恥ずかしかった。私は顔を伏せ、垂れてくる鼻水をベッドのビニールにこすりつけた。

「お嬢ちゃん」

最初は、ベッドを汚したことを怒られるのかと思った。

「お嬢ちゃん、お名前は?」

しかしその声があまりに優しかったので、とうとう見つけてもらえたのだと分かった。

「お父さんとお母さんは、どこだい？」

予想に反して迷子係は、ひどく太ったおじさんだった。目は頬に半ば埋まり、手の甲には赤ん坊のようなえくぼがあり、腕に巻き付けられた腕章からは肉がはみ出していた。

うつむいたまま、私は首を横に振った。

「もう心配はいらないよ」

こんなにも優しい口調というものが、この世にはあるのか、と私は思った。出っ張ったお腹に難儀しながら迷子係はひざまずき、私の顔を覗き込んだ。目は細すぎて、黒目がどんな様子かはっきりとはしなかったが、微笑んでいるのは間違いなかった。

「両親とじゃありません」

思いの外、自分でもしっかりとした声が出せた。

「妹です。末の妹と一緒に来たんです」

と、私は言った。

警備員室で私は王女様のような扱いを受けた。迷子係のおじさんは冷蔵庫から乳酸菌飲料を取り出し、それだけでは足りずに、冷えたお茶や冷凍みかんを勧めた。警備員の制服を着た別のおじさんはお絞りで顔を拭いてくれた。案内嬢はこの中から好きなのを読んでいいのよ、と言ってテーブルに一杯絵本を広げた。

他にも何の係かはっきりしないおじさんやおばさんが、迷子のために何かをしたがった。頭を撫でる、背中をポンポンする、三つ編みのリボンを結び直す、スカートの皺をのばす、ソックスを引っ張り上げる。その間中切れめなく、「可愛いなあ」「可愛いわねえ」「ほんと、可愛い」の声が行き交った。

いいえ、迷子が可愛いのは当たり前で、私が特別というわけじゃありません。迷子は誰でも可愛そうなんです。どうかそんなに優しくしないで下さい。私には資格がないんです。何しろ熱帯魚を全滅させた本人なのですから……。

本当はそう告白したかったが、迷子の役に立てるのがうれしくてならない様子の彼らを前にすると、何も言えなかった。

警備員室はにぎやかで、平和だった。私以外の皆が微笑んでいた。見慣れない部屋のソファーに座り、頬を濡らし、決まりの悪い表情を浮かべている、たった一人の可愛そうな迷子によって巻き起こる微笑みだった。

絶妙のタイミングで末の妹が姿を現した。

「あっ、お迎えだ」

「おばあちゃんが来てくれた」

「これでもう大丈夫」

「よくがんばったねえ」

「おばあちゃんもご心配だったでしょう」

「とってもお利口にしてましたよ」

「よかった、よかった」

皆が口々に喜び合った。祖母ではなく、末の妹です、と訂正もせず、偽の迷子と元迷子係は心からお礼の言葉を述べた。二人は手をつなぎ、帰るべき場所に帰るため、デパートを後にした。

台所の小窓を開けると、デッキチェアに座る末の妹の後ろ姿が、窓枠からはみ出しもせず、小さすぎもせず、ちょうどいい大きさで見える。裏庭の四角の中にある、もう一つの四角だ。

後ろ姿と言っても、デッキチェアが大きすぎるせいで、背もたれからほんの少し頭の先がのぞいているにすぎない。そこに間違いなく末の妹がいるという証拠は、立ち上るタバコの煙だけだ。私は彼女のタバコの吸い方をよく知っている。風の向きを見ながら、より空の高いところへ昇っていけるような角度に、煙を吐き出す。

乗り手のいない三輪車が、壁際で前輪とハンドルをくの字に曲げている。ケンパの丸は昨夜の雨で消えてしまい、小石だけがぽつんと取り残されている。いつの間に片付けられたのか、勝手口の水槽は姿が見えない。それは二つとも綺麗に掃除され、再び廊下に設置され、水のカルキが抜けるのを待っている。

末の妹は一人、片方の黒目で空を眺め、もう片方で、いつ路地から子どもたちが飛び出してくるかと、様子を窺っている。彼女を邪魔するものは何もない。大勢の子どもを帰るべき場所に返してきたのに、自分の子どもだけは戻ってこなかった元迷子係は、水槽で泳ぐ熱帯魚のように、今、小さな四角に守られている。

寄生

その日僕は彼女にプロポーズしようと決心していた。誰に対してであれ結婚を申し込むのは初めての体験だったが、十分に機は熟した、今を逃せば次はないぞ、という確信がどこからともなく湧き上がっているのだけは間違いなかった。以前から彼女が一度行ってみたいと言っていた、当時の僕の給料を考えればかなり贅沢なレストランを奮発し、お互いの仕事が終る時間に合わせて予約を入れ、店で待ち合わせた。春のはじめの、一日中生温かい風が吹きぬけた土曜日だった。今からもう、二十五年も昔の話だ。

確かに僕は緊張していた。これからプロポーズをしようというのだから、当然といえば当然だろう。仕事を早めに切り上げたあと一旦家へ帰り、シャワーを浴びて髭を剃り、洋服を全部着替えた。準備万端整え、気合を入れ直し、時間にたっぷり余裕を持って出発した。電車の中でもホームでも駅のエスカレーターでも、どんなふうに本題を切り出すか、そればかりに心を奪われていた。タイミングはやはりデザートが運ばれてきた時だろう。それとももっと後、コーヒーを飲み終えるか、終えないかギリギリのところまで引っ張るべきか。あるいは意表をついて、席に座ってすぐという手もある。いや、その場合、もし断られてせっかくの食事が気まずくなるといけない。断られる？　そうだ。その可能性について考えるのを忘れていた。何て能天気なんだ。何て愚かなんだ、俺は……。と、考えるべきことは次から次へと浮かんできた。

そんな様子が、他人からすれば、ぼんやりしたすきだらけの人間に見えたのかもしれない。こいつなら大丈夫だ、という奇妙な信頼を与えてしまったとも言える。

とにかく、ふと気が付いた瞬間、仮想問答中のレストランから駅前ロータリーへと意識が引き戻された時、その老女はもう僕の右腕にしっかりとしがみついていた。

「丁度よかった。あんたがいてくれて本当に助かった。よかった、よかった」

と、その人は言った。威勢のいい晴れ晴れとした口調だった。

「あの……、人違いでは……」

「ここであんたに会えるとは、あたしも運がいい。これで万事安心だ。やれやれ」

僕の言葉を遮ってその人は一人、安堵の息をついた。

「いや、ですから……」

相手に顔をよく見せるため、上半身をねじろうとした時ようやく僕は、自分の体が変に重苦しく自由が利かなくなっているのに気付いて焦った。

「ちょっとあなた、何をしているんです」

彼女は両手で僕の二の腕と肘をつかみ、右のふくらはぎに足首を絡め、体の前面をぴったりと僕に押し当てていた。顔面は肩関節に、胸は脇腹に、そして下腹部は腰骨のあたりと密着していた。つまり二人の体は直角に交わった形、人形にしてはちょっと大きすぎるダッコちゃんが、くっついているのと同じ状態にあった。

「やっぱり落ち着くねえ。くたびれ果てて、どうしたものかと途方に暮れていたんだ。ああ、何て言ったって、あんたが一番」

僕はどうにか首だけ傾け、彼女の姿をとらえようとしたが、あまりにも密着しすぎているせいで、視界に入ってくるのは頭頂部と額の一部、あとは足先くらいなものだった。そのうえ頭は黄色い毛糸の帽子ですっぽり覆われていた。しかしとにかく、彼女が相当な年寄りであるのは喋り方からも間違いなかった。喉がガラガラとし、言葉は明瞭でも声に艶はなく、時折、入れ歯がずれてカチカチ音がした。体温を通して伝わってくるのは、いかにも老人らしい骨っぽい感じだった。ただし、しがみつく力は尋常でなく、ジャケットの上からでも十本の指が腕に食い込んでいるのが分かるほどで、特にその両足は蔓《つる》植物が宿主を侵すかのごとく念入りに絡み合っていた。僕のふくらはぎは血の巡りが悪くなり、心なしか爪先が少しずつ冷たくなってゆくようだった。

「すみません。どなたか他の方と間違えておられますよ」

相手を刺激しないよう、できるだけ優しく僕は言った。

「残念ながら僕はあなたのことを、存じ上げないのです」

「あったかい。本当にあったかい」

こちらの発言になど耳を貸さず、老女はしがみつく手にいっそう力を込め、額をぐいぐいと二の腕に埋《うず》めてきた。クリーニングしたばかりの一張羅《いっちょうら》のジャケットが皺《しわ》くちゃになるのではと、気が気ではなかった。

よく見れば帽子だけでなく、老女の装いは全身が毛糸だった。上半身は毛羽立った藤色のとっくりセーター、下はまだら模様が編み込まれた何色とも言いがたいスカート、首には房飾りのついた黄土色のマフラー、靴下はくるぶしまであるえび茶、という具合で、どれも不器用な人がようよう編んだ品に見えた。すぐ目の前にある黄色い帽子も、目は不ぞろいでざくざくと粗く、てっぺんの渦巻は脇にずれ、所々編み目から白髪がはみ出していた。

「分かりました。じゃあ、一緒に交番に行きましょう。いいですね。ほら、あそこにお巡りさんが立っています。見えますか?」

ロータリーを出て大通りを渡った向こう側に、丁度交番があった。

「お巡りさんならきっと、あなたを助けてくれますよ。さあ」

歩き出そうとする僕に対し、老女は断固として自らの体勢を崩す気配を見せなかった。相変わらずダッコちゃんのままだった。左手で肩を押したり足を振り上げてみたりしたが、無理に引き離そうとすればするほど、老女に対して乱暴を働いているかのような雰囲気になってきた。あたりは夕暮れに包まれ、駅前のロータリーは帰宅する勤め人や待ち合わせの若者たちで混雑し、僕たちのそばを通り過ぎる人々は誰もが不審の表情を浮かべていた。自分は決して暴力を振るっているのではない、気の毒な老人を手助けしているだけなのだ、ということを示すためにも、このままの状態でとにかく交番まで歩いてゆくしかないと僕は決心した。もはや老女は何も喋ろうとしなかった。

突如右半分に人間一人分の重量が加わったのだから、歩きづらいのは当たり前なのだが、問題は重さよりバランスだった。せめて足だけでも解いて一緒に歩いてくれれば、あるいは背中に負ぶわせてもらえれば話は簡単なのに、なぜよりにもよってこの体勢なのか。そもそも、自分を誰と間違えているのか。しかし誰にしたってこんな形でくっつくのはおかしいじゃないか。どんなに愛し合っている恋人同士でも、こうは密着しないだろう。僕の心の中では当然の疑問が渦巻いていた。一方体は、一刻も早く交番へたどり着きたい一心でもがいていた。移動に協力する気はなく、ただずり落ちないでいることのみが重要であるらしい老女は、全く自分勝手な都合で肘の関節を絞り上げたり尻を揺らしたり、年寄りとは思えない素早さで足を組み替えたりした。そのたびに僕は立ち止まり、一息ついてバランスを立て直さなければならなかった。

すぐそこに見えているわりに交番は遠かった。しかし徐々にこつはつかめてきた。まず自由な左足をバランスが取れる範囲でできるだけ大きく前へ出す。そのあと右足及び老女をずるずる引きずってゆく。このパターンが最も効率的で、尚且つ人ごみでもさほど大げさにならずにすんだ。もちろん言い訳不可能な僕たちではあったが、まあ彼らにも何かしら事情があるのだろうという目で見逃してもらえるレベルだった。

タクシーを待つ行列、バスターミナル、花壇、時計、屋台のクレープ屋、そうしたものたちの間を僕と老女は通り抜けていった。たいていの人が気を利かせて道を開けてくれた。老女を支えるため僕の右腕は突っ張り棒のように伸びきり、背骨は左に傾き、左足は次に踏み出すべき最善の一点を求めて絶え間ない緊張にさらされていた。右腕の付け根、肘、腰骨、主にこの三つが支点となり、他の部位は各々バランスを保つことに専念し、とにかく体中が、不意に訪れた状況に適応すべく奮闘していた。すべての筋肉が、老女のために奉仕していた。

時折、毛糸の帽子が顎《あご》の先に触れてチクチクした。腕を伝って老女の息遣いが耳元まで這《は》い上がってきた。汗ばんだシャツが背中に貼り付いて気持悪かった。

「大丈夫ですか」

そう言って励ましてもらいたいのは、本当は自分の方なのにと思いながら、ずっと黙ったままでいる老女のことが多少心配にもなり、僕は黄色い帽子に向かって声を掛けた。

「もうすぐですよ」

返事をする代わりに老女は、入れ歯をカチリと鳴らした。ビルの間を吹き抜けてくる風が、僕の髪と、編み目からはみ出した白髪を揺らした。

「どうしたんです？」

まず、お巡りさんはそう尋ねた。

「ちょっと座らせてもらってもいいですか」

交番の中にソファーを見つけ、とりあえず僕たちはそこに腰掛けた。僕の方は大丈夫だとしても、老女の体力に限界が来ているのではと思ったのだった。文字どおり僕たちは二人一緒に腰を下ろした。クッションに体が沈むタイミングも、長い息を吐き出すタイミングも一緒だった。ソファーに場所は移っても、老女の両手両足が僕の右側から解かれることはなかった。

「何があったんですか？」

二つの体がどんな具合に接着しているのか見極めようとするように、お巡りさんは僕たちの全身を見渡した。顔中ににきびの痕がある、まだあどけないほどの若者だった。

「……」

「駅を出たところで、こちらの見知らぬ老人から声を掛けられまして、いきなり

「息子です」

不意に老女は二の腕に埋めていた顔を上げ、しかし視線は僕の右腕に向けたまま言った。

いいえ、とんでもないと否定しようとする僕を遮り、老女はきっぱりと繰り返した。

「あたしの息子です。五十年前に実家の土蔵で人知れず産んだ赤ん坊です。おぎゃあと一声泣く暇もなくお産婆さんが連れ出して、そのままどことも知れない家へもらわれていった、可哀相なあたしの赤ん坊」

老女はひたすら僕の腕だけを見つめていた。所々声がかすれ、息継ぎが乱れ、感極まっているようにも聞こえたが、実は弾んだ息がまだ収まっていないだけだった。

「父親の分からない子を育てることは、どうしても許されなかったんです。おっぱいが張って、飲む子のいないお乳があふれて、痛くて痛くて……」

痛くて痛くての口調に合わせ、老女は胸を僕の脇腹にこすり付けてきた。ほとんどあばら骨だけの胸だった。

僕はお巡りさんに目配せし、黙ったまま首を横に振った。それだけで彼はあらかたの事情を察したようだった。

「ねえ、おばあちゃん」

お巡りさんは床に膝をつき、老女の肩に優しく触れながら言った。

「とにかく、この人から離れて、真っ直ぐソファーに座りませんか。これじゃあお互い、顔もよく見えないし、何より窮屈でしょう？　おばあちゃんとゆっくりお話ししたいんです。お名前や住所も教えてもらいたいし」

「離れる？　とんでもない。よくそんな残酷なことが言えますね。お巡りさんの風上にも置けない。ようやく五十年振りに再会できたのに、どうしてあんた、また離れ離れに引き裂こうとするんです」

「まあ、そう言わずに落ち着いて」

お巡りさんは僕と老女の接着面に指を差し挟み、隙間を押し広げようとした。

「キャー。やめなさい。無礼者」

老女は悲鳴を上げた。それでもめげずにお巡りさんは、どうにかして突破口を開こうと、僕の肘を曲げたり、老女のくるぶしの内側に親指を突っ込んだりしたが、上手くいかなかった。こんなか細い老人を、一人前の若者がなぜ思い通りに動かせないのか不思議なほどだった。改めて、自分たち二人がどれほどきつくつながり合っているか、思い知らされるばかりだった。

「ずっと抱っこできなかった分を、取り返しているんです。何十年分の抱っこを、今、こうしてやっているんです」

小さな電気ストーブが一個ついているだけの寒々とした交番の中に、老女の声が響き渡った。

お巡りさんは作戦を変更し、迷子や家出人の届けが出ていないか問い合わせるため、あちこちに電話を掛けはじめた。とりあえず分離の危機から脱した老女はほっとしたのか、珍しそうに部屋の中を見渡していた。彼女が頭を動かすたび、毛糸の帽子が僕の顎をくすぐった。しかしひとときとして、絡み合う両手両足の力が緩まることはなかった。

その頃になるといよいよ、待ち合わせの時間が心配になってきた。外はすっかり日が落ち、街灯と車のヘッドライトが窓の向こうできらめいていた。

「あのう、すみません」

お巡りさんが受話器を置くタイミングを見計らって、遠慮がちに僕は言った。

「ズボンの右ポケットに、電話番号を書いたメモが入っていると思うんですけど、それをちょっと出してもらえませんか」

この状態ではレストランに電話をし、少し遅れるかもしれないという連絡をするにも、お巡りさんの協力がなくては無理だった。なぜ左のポケットに入れなかったのだ、と僕は自分の不運を嘆いた。右ポケットは今や、藤色のセーターとまだら模様のスカートの下にあり、老女の腹部に押し潰《つぶ》されていた。抵抗する老女の体がほんの一瞬見せたすきをつき、お巡りさんはポケットに手をねじ込んだ。そうしてしばらくごそごそ中をまさぐったあと、あっさり言った。

「ありません」

思わずえっ、と僕は声を漏らした。レストランの電話番号を書いて、四つに折り畳んで、間違いなくポケットに入れたはずなのに。なぜないのだ。入れたつもりでテーブルに置きっぱなしにしたのか。それとも老女を引きずっているうちに落ちたのか。僕は焦った。

「じゃあ、すみません。番号案内で聞いて下さい。お願いします」

僕がレストランの名前を告げると、お巡りさんは「はい、はい」と言って一〇四番を回してくれた。

「お尋ねの番号はありません、って言ってますけど」

気の毒そうにお巡りさんは言った。ええ、分かりますよ、もちろんあなたにだって都合はおありでしょう、しかし、この状態ではどうにもしようが……という表情を浮かべ、もう一度僕たち二人の姿をしみじみと眺めた。それからお巡りさんは老女の正体を明らかにするための業務に戻り、更にはその合間に、落し物を届けたり道を尋ねたりするためにやって来る人々を次々さばいていった。

忙しそうな彼の背中を見やりながら、僕はただため息をつくだけだった。それに気付いて老女が視線を上げ、初めて目と目が合った。自分がどんな事態を招いているのかも知らず、彼女は堂々と僕を見つめた。白目は濁り、睫毛《まつげ》の付け根には目やにがたまっていたが、瞳はその奥底にまで深い黒色をたたえていた。瞳にだけ、老いの影が差し込んでいないかのようだった。

気分を落ち着かせるため、僕はお巡りさんが出してくれたお茶を一口飲んだ。すっかり冷めて渋くなったお茶だった。その間もずっと老女は僕に視線を送ったままでいた。ああそうか、彼女はこうしている限り一人でお茶も飲めないのだ、と僕はようやく思い至った。

「飲みますか?」

瞳を見開いたまま、老女は黙ってうなずいた。左手で湯飲みを持ち、とっくりセーターを濡らさないよう慎重に老女の口元へ近付けると、彼女は唇を突き出して二口三口すすり上げた。ずるずると震える唇の音が、すぐ耳元で聞こえた。

赤ん坊にお乳をやるというのは、こんな感じなのだろうか。老女の口元を見つめながら僕はふと考えた。自分よりうんと小さくか弱いものが腕の中にあり、二人の体温が一つに溶け合っている。小さいものは疑いを知らず、ただ無防備に体を預け、それでもう何の心配事もないと安心している。僕から差し出されるものを受け止めようと、ひたすら唇をすぼめる。かつてお乳があふれて痛いほどだった胸は、いつしかすっかりしぼんで肋骨《ろっこつ》に垂れ下がり、二人の隙間に身をひそめている。

電話の応対の様子から事態が進展していないのは明らかだった。外はすっかり闇に包まれ、それでもまだ吹き止まない風が街路樹の梢を揺らしていた。時計の針はゆっくりと待ち合わせの時刻を過ぎていった。

彼女と初めて出会ったのは虫博物館の入口だった。切符を買って入場した途端、ファンファーレが鳴り、薬玉《くすだま》が割れ、一体何事かと思っている間にパシャパシャ写真を撮られた。

「おめでとうございます。入館者百万人めです」

二列に並んだ職員たちから一斉に拍手が湧き起こった。皆、愛想のいい笑顔を浮かべていたので、状況はよく分からないながらも自然と口元だけは弛《ゆる》んだ。薬玉から下がる細長い模造紙には確かに、〝祝・入場者百万人突破記念〟と書いてあった。お世辞にも綺麗とは言いがたい字で、そのうえ所々墨が垂れていた。

「本当におめでとうございます」

模造紙を読んでいる間にもすぐさま花束贈呈となり、記念品の授与があった。

「是非、取材をお願いします。まず、今のお気持は？　ここにはよくいらっしゃるんですか？　虫で一番お好きなのは？」

『月刊・虫仲間』という腕章を付けた男が次々と質問をしてきた。

「今日は、デートですか？」

そう言われて初めて、すぐ後ろにいる女性とカップルに間違われたのだと気付いた。

「虫博物館でデートなんて、いいですねえ。羨《うらや》ましい。そのうえ百万人めですよ。お二人の未来に幸あれ」

『月刊・虫仲間』の編集者は一人、満足そうにうなずいた。

結局僕たちは二人一緒に館内を見物することになった。今さら、デートなんかじゃありません、と言ってその場を白けさせるのも野暮な気がしたし、成り行きで彼女まで花束をもらってしまい、もう後には引けなくなっていたのだった。

僕たちはぎこちなく虫の展示を見て回った。丁度『ヒトに寄生する虫たち～その離れがたき関係～』という特別展の開催中で、盲腸に寄生したギョウ虫、小腸のカイ虫、脳で発育したエキノコックス、眉毛に潜むアタマジラミなど、いろいろと気色の悪い虫たちが並んでいた。ホルマリンに浸かっているのもあれば、プレパラートに載って顕微鏡にセットされているのもあった。

元々僕は虫になど興味はなく、その日もたまたま時間つぶしに立ち寄っただけで、寄生虫と初対面の女性を前にどんな会話をしたらいいのか見当もつかなかった。そのうえ他の見学者たちが「あの人たち、百万人めの人よ。百万人めよ」とこそこそ言い合っているのが聞こえ、ますます落ち着かなかった。大きすぎる花束と、何が入っているのかやたらと重い記念品の袋を持て余しながら、僕はただ女性の歩調に合わせているだけだった。

それに引き換え彼女の方は屈託なく寄生虫を楽しんでいた。いちいち何かしら驚きや畏怖や感嘆の声を上げ、ガラスケースに額を押し当てたり、のけぞったり、笑ったりした。そのたびに花束のセロファンが二人の間でガサガサと音を立てた。

彼女が最も大きな反応を示したのは、人間の眼球に卵を産むハエだった。中央アジアの砂漠地帯に生息するハエで、素早く人間の目元をかすめ、水分といい柔らかさといい申し分のない眼球の表面に卵を産み付けるのだ。放っておくと卵はずんずん粘膜の奥へと沈んでゆき、そこに身を潜めたまま、こっそり孵化《ふか》するらしい。

「ねえ、どう思う？　自分の目の中でハエの卵が孵《かえ》るの」

「そりゃあ、もちろん、ぞっとします」

「きっと、ゴロゴロして目をこすればこするほど、ハエの思う壺なのね。卵が奥深く埋まるから」

「なるほど」

「でも私、自分の目がそんなふうに役に立つなら、差し出しても構わない。卵のゆりかごとして」

「えっ」

「ただし、成長したハエが目を突き破って飛び出してくるのはちょっと御免だわ。目蓋《まぶた》と眼球の隙間を、するりとくぐり抜けてくれるならいいけど」

彼女はこちらを振り向いた。カスミソウの向こうに笑顔が見えた。眼球の話をしているおかげで、遠慮なく彼女の目を見つめることができた。

「あら」

彼女が不意に、僕の頭に手をのばした。

「紙ふぶきが……」

そう言って、髪の毛にまだくっついていた薬玉の紙ふぶきを、そっと払ってくれた。

保育園の保母をしている彼女は、あの日、遠足の下見に来ていたのだった。砂漠のハエのために自分の眼球を提供しても構わないというくらいの人だから、虫博物館の記念の入場者になれたことを、とても喜んでいた。

「これできっと、遠足も上手くいくわ」

「ええ、そうでしょう」

「縁起がいいじゃない。何といってもあなたは百万人めで、私は百万一人め」

「はい」

「あなたのおかげね」

「とんでもない」

「いや、あなたのおかげよ」

虫博物館を出たあと、僕たちは喫茶店でお茶を飲み、記念品の袋を一緒に開けてみた。天道虫《てんとうむし》のカフスボタン、黄金虫が刺繡された財布、蜂蜜一瓶、油蟬の形をしたチョコレート一箱、ガラス製の蝸牛《かたつむり》のペーパーウエイト等が入っていた。カフスボタン以外、全部彼女にあげた。

「本当にいいの?」

「はい、どうぞ」

「やっぱり今日は、運がよかった」

彼女の目は、ハエでなくてもその黒い瞳に指先を浸してみたいと思わずにはいられないほど、瑞々しく輝いていた。

「ごめんなさい。あたし、間違えてました」

ずっと無言だった老女が急に口を開いたので、お巡りさんと僕はびっくりし、互いに顔を見合わせた。

「思い出しました。この人、あたしの息子じゃありません」

「思い出した? そりゃあよかった。じゃあ、このおにいちゃんの腕、離してあげようか、おばあちゃん」

「お父ちゃんでした。息子でなく。ああ、えらい間違いを仕出かすところだった。危ない危ない」

そう言って老女は足を組み替え、更に念入りに僕の右腕を締め上げた。指先はいつの間にか痺《しび》れて感覚が無くなっていた。

「子供の頃、荷馬車に轢《ひ》かれて右腕がちぎれてしまった可哀相なお父ちゃん。だから二度と右腕が無くならないよう、こうして一生懸命守っているんです」

お巡りさんはため息をつき、再び電話に戻った。

『月刊・虫仲間』の人に、「幸あれ」と祝福された僕と彼女だったが、交番の中には幸せの欠片《かけら》さえなく、それどころか時計の音と共に不吉な気配だけが忍び寄ってくるようだった。レストランのテーブルに、一人ぽつんと座っている彼女の姿が目に浮かんだ。いつもは保育園児たちのよだれや鼻水のついた服を平気で着ている彼女だけれど、きっと今晩はお洒落《しゃれ》をしているに違いない。お化粧をして、髪もセットして、ヒールのある靴を履いている。入口で人の気配がすれば振り返り、そのたびに裏切られ、しょんぼりとうつむく。本来居るべき場所にたどり着けないまま僕は、老女と一緒に交番のソファーに腰掛けている。

ギョウ虫もカイ虫もエキノコックスもアタマジラミも、こんなふうに宿主に寄生するのかもしれない、と老女の帽子の毛羽立ちに視線を送りながら僕は思った。相手の都合など考慮せず、音もなく忍び寄り、最も柔らかく最も温かい部分に居場所を定めると、あとはもう何があっても離れない。一生、相手の一部となって生き続ける。

不思議なことに僕は、老女に取り付かれたこの格好に少しずつ慣れてゆくのを感じていた。最初は鬱陶《うっとう》しくてならなかったのが、無意識に力の入れ具合を調節し、余分な緊張を解き、自分と老女の輪郭を自然なつながりでとらえられるようになっていた。冷たく痺れた指先は自分から遠のき、元々この右腕は老女のものだったのではと錯覚するほどだった。

夜になって交番の中はますますひんやりとしてきた。ロータリーを行き交う人々のざわめきは風に紛れ、ただ老女と僕、二人だけが静けさの中に取り残されていた。二人を助けるために奮闘してくれているはずのお巡りさんさえ、僕たちとは無関係な人のように思えた。最早僕たちの間につなぎ目などなく、ジャケットも毛糸も皮膚も脂肪も骨も、一続きになって小さな静けさを守っていた。

「でも私、自分の目がそんなふうに役に立つなら、差し出しても構わない。卵のゆりかごとして」

虫博物館で初めて会った時の彼女の言葉が、そっとよみがえってきた。砂漠をさ迷う一人ぼっちのハエを安堵させるように、自分も老女のために右腕を差し出したって一向に構わないじゃないか。失われてしまったお父さんの右腕か、お乳をやれなかった赤ん坊か、いずれにしてもその身代わりになれるのなら、お安い御用じゃないか。そう、僕はつぶやいた。

結局、老女の身元が判明したのは、待ち合わせの約束から一時間以上が過ぎた頃だった。老女を迎えに来たのは、黒いズボンに薄ピンク色のスモックを着た、老人施設の職員だった。

「さあ、帰ります」

可愛いピンク色とは不釣り合いな、容赦のない口調で職員は言った。驚いたことに老女は、お巡りさんと僕があれほど苦心して引き離そうとしてもびくともしなかった体を、すうっと浮かせて立ち上がった。ひっついた時と同様あまりにもひっそりとした動作だったので、僕はしばらく老女が離れたのに気付かなかった。事の次第を理解できたのは、老女の姿と自分の右腕を何度も見比べたあとだった。

「ご迷惑をお掛けして、大変申し訳ございませんでした」

職員は礼儀正しく謝罪の言葉を述べたが、その声は僕の耳には届いていなかった。僕はただ老女の後ろ姿を見つめるだけで精一杯だった。

二人の距離はほんの一、二メートルといったところなのに、なぜか、随分遠くへ老女が取り残されているように見えた。体の右側で感じていたより、老女はずっと小さかった。背中は丸まり、首は骨が浮き出し、スカートの裾からのぞく両足は湾曲していた。全身を包む毛糸の衣装はどれもだらしなく弛み、締りがなかった。僕の右腕を手放した途端、全身から養分が蒸発してしまったかのようだった。

「さあ、ちゃんとお詫びをおっしゃい」

職員に促され、老女は更に体を小さく縮め、おっぱいの痛みや父親の右腕について語った時とは比べものにならないか弱い声で、何かもごもごと喋った。その傍らでお巡りさんは、ようやく片が付いてやれやれといった様子で、「よかったねえ、おばあちゃん。やっと帰れるねえ」などと朗らかに繰り返していた。

「本当にすみません。ちょっと目を離したすきに、一人で外出してしまって。昔、この駅のそばで編み物教室を開いていたので、それを思い出したのかもしれません」

「編み物の先生だったんですか」

僕は尋ねた。

「はい。何十年も昔の話ですが」

職員は答えた。

「謝る必要なんてないんですよ」

と、僕は老女に向かって言った。

「あなたは何も悪いことなどしていないじゃありませんか」

老女は無言でうつむいたまま、顔を上げようとしなかった。さっきまで僕にしがみついていた両腕は、役目を失い、心もとなく垂れ下がっていた。

老女と職員が交番を出て行ったあと、僕は自分の右側を見た。ジャケットには指の跡が、ズボンには絡まる足の跡が皺になって残っていたが、もちろんそこにはもう誰もいなかった。一続きだった輪郭は解け、ただ小さな空洞が僕に寄り添うばかりだった。

レストランに到着した時、彼女はまだ僕を待っていた。思ったとおり、とびきりのお洒落をしていた。

「ごめんよ」

僕を見つけると、彼女はその黒い瞳を真っ直ぐにこちらに向けた。

「きっと、来てくれると思ってた」

「急に、どうしてもやらなきゃならない務めが……」

「うん。分かってる」

僕の説明を最後まで聞かずに、彼女は言った。

「無事に果せた？」

右腕に手をやり、そこにある空洞をさするようにしながら、僕はうなずいた。

「それはよかった」

彼女は微笑《ほほえ》んだ。

何気なくポケットに手を入れると、指先に電話番号を書いたメモ用紙が触れた。

それは、老女の体温を吸い込んで、まだ微かに温かかった。

黒子羊はどこへ

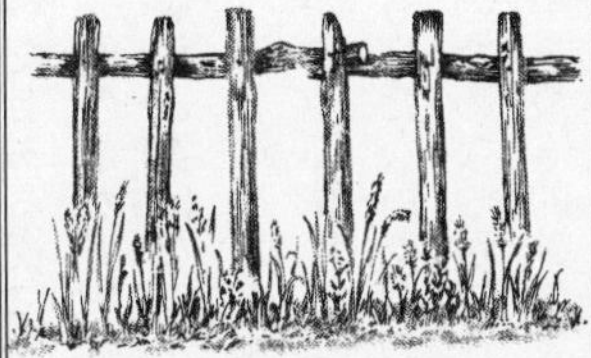

村で唯一の託児所『子羊の園』のはじまりは、大風の吹いたとある夜に遡る。その日、沖合いを行く貿易船が座礁し、多くの積荷とともに二頭の羊が海岸に流れ着いた。夜明けを待ちかねて集まった村人たちが、何か持ち帰れる物はないかと海岸線をあさっているそばで、二頭の羊は身を寄せ合いながら、晩秋の冷たい風にさらされ震えていた。豆も小麦も織物も、積荷の多くが塩水をかぶって駄目になっているのと同様、羊もまた、村人にとってはほとんど何の役にも立たないただの漂流物にすぎなかった。長い航海のせいか、それとも一晩の恐怖のためなのか、蹄《ひづめ》は割れ、目は薄桃色に染まり、顔は傷だらけで血がにじんでいた。羊を最も的確に象徴すべきはずの毛はぐっしょりと濡れ、もつれにもつれ、あちこちに海藻の切れ端が絡まって変な臭いを発していた。誰もが羊などそこにいないかのように振る舞った。二頭は鳴きもせず、逃げる気配も見せず、ただ全身からポタリ、ポタリと雫《しずく》を滴《したた》らせていた。

こんなものを持ち帰っても家畜に病気を移されるか、雑種が産まれて面倒なことになるだけだ、と村人たちは思った。二頭は村の羊たちとは明らかに異なる形態をしていた。毛の色はお馴染《なじ》みのアイボリーホワイトだったが、体はもっとずんぐりとし、脚が短かった。耳は威勢よくぴんと突き立ち、その脇からは立派な角《つの》が生えているにもかかわらず、盛り上がって長すぎる鼻筋と、極端に離れた目のせいでどこか間が抜けて見えた。そんなふうに一個一個遠くに取り残された瞳では、さぞかし世界を眺めるのに不自由だろうと同情するほどだった。

いつしか雲は風に運ばれ、嵐の名残は去ろうとしていた。座礁した船は、誰に助けてもらうこともできないまま大きく傾き、白波の立つ濁った海の中ほどに取り残されていた。東の水平線からは、ちょうど太陽が昇るところだった。

その日最初に海岸へ届く朝日を背中に受けながら、二頭の羊は交尾をした。互いの震えを交換し合うような、あるいは相手の無事を祝福するような交尾だった。とても静かな営みだったので、村人は誰一人気がつかなかった。

結局二頭の羊は、村はずれに住む、寡婦《かふ》になったばかりの女が家へ連れ帰った。

夫が死んだあと家畜を全部売り払っていたため、病気や雑種の心配をする必要もなく、一人暮らしの退屈を紛らわすペットにでもなればという、気楽な気持からだった。

冬の間中、女は窓辺の寝椅子に横たわり、庭で草を食《は》む羊たちを眺めて過ごした。どんなに寒い日でも、天気さえよければ、二頭は小屋から出て庭を自由に歩き回った。羊とはそういう性質なのだともちろん女はよく知っていたが、彼らが決して離れ離れにならないのを目にすると、心がなごんだ。二つの瞳が焦点を結ぶ範囲からお互いはみ出さないよう、気を配り合っているのが伝わってきた。

海藻を取り除き、消毒液の浴槽に浸け、毎日ブラシで手入れをしてやるうち、ほどなく毛は本来の姿を取り戻した。モワモワと幾重にも重なり合った縮れ毛は、一見好き勝手な方向にカールしていると思わせながら、実は見事なまとまりで全身を包み、思わず指先を埋《うず》めてみないではいられないほどの柔らかさにあふれていた。特に日溜りの中にいる時は、毛先の一本一本が光を帯び、そのアイボリーホワイトにいっそうの温かみを与えていた。

しかし何より女を夢中にさせたのは角だった。彼らにはともに角が生えていた。それこそが、誰一人足を踏み入れたためしもない遠い果てから二頭がやって来た事実を示す、何よりの証拠だった。日に日に成長し、形状を変化させてゆくそのありさまを観察することは、彼女にとって一番の楽しみになった。村の羊たちが一頭たりとも持っていない角が、自分の羊にだけ授けられているのだと思うと、誇らしくもあった。

長すぎる鼻筋の付け根から続く、こぢんまりとした頭頂部は大方耳に占領され、もうほとんど余分なスペースなど残されていないのに、無理は承知の上で、といった風情で半ば強引にそれは生えていた。根元が毛の中に隠れているため、女は最初、ぺたんと接着しているだけの構造かと誤解していた。しかし指でよく探ってみれば、間違いなく頭蓋骨の一部が力強く皮を突き破っているのだと分かった。頭上にいくらでも自由な空間があるというのに、真っ直ぐ宙へは伸びてゆかず、後方から下方へと方向転換し、わざわざ狭苦しい耳とこめかみの間を通って独自の曲線を描いていた。毛とよく馴染む蜂蜜色をし、地層のような細かい筋があった。その一本一本の筋が、頭蓋骨から汲《く》み上げられ、刻み付けられた彼らの記憶のように見えた。尻尾《しっぽ》を揺らすのはどんな時か、耳がいかに敏感にピクピクするか、出入り口から数えて何番めの柵板に一番よく鼻をこすりつけるか、太陽の高さによって瞳の色がどう移り変わるか、女には何でも分かった。この二頭の羊について、世界中で自分ほど詳しい人間は他にいないと彼女は自負した。

二頭はうつむき、睫毛《まつげ》を伏せ、ひたすら黙々と草を食べた。暴れもせず、退屈もせず、誰かの気を惹こうともしなかった。彼らがそこにいるだけで、庭は深い静けさに満たされた。窓ガラス越しにさえ、舌が草を巻き取る音が聞こえてきそうだった。その音とも言えない微かな気配が、二頭の言葉なのかもしれない。彼らは草を食べているのではない。思索にふけっているのだ。女はそう思い、いっそう窓の近くに顔を寄せ、水滴の伝うガラスで頰を濡らしながら耳を澄ませた。そんなふうにして女は、夫のいない初めての冬をやり過ごした。


やがて春が来た。じめじめした冬の空が海の向こうへ去るのを確かめると、居場所を移動すべき段階が訪れたのを自覚し、女は寝椅子から抜け出した。春は剪毛《せんもう》の季節だった。寝椅子には身体の輪郭のとおりに窪みができ、どんなに均《なら》そうとしても元には戻らなかった。いつの間にか貿易船はばらばらになり、波に飲まれて姿を消していた。

女は夫が使っていた鋏《はさみ》の錆《さび》を落として刃を砥《と》ぎ、ヨードチンキとスノコとシーツを用意すると、村で一番の腕を持つ毛刈り人のところへ出向いて予約を取った。当日に備え、毛を乾燥させるため普段より長く日光に当てるよう努め、前日からは小屋に閉じ込めて絶食させ、胃を空にした。

二頭分で何キロくらいの毛が採れるだろうか。女は思い描いた。それでセーターを編もう。染色などしないで、アイボリーホワイトのままで、それ一枚さえあれば冬の間中何の心配もいらないという気持にさせてくれる、胸に編み込み模様の入ったセーターを。

約束の朝、剪毛には申し分のない清々しい空が広がっていた。

「さあ、お前たち。出ておいで」

小屋の扉を開けると、赤ん坊が産まれていた。全身真っ黒の子羊だった。

春は剪毛だけでなく、出産の季節でもあった。世界中で自分ほど、などと自負しながら、そんな大切な事態に最後の最後まで気づかなかった迂闊《うかつ》さを女は恥じた。

差し込む朝日の先、薄ぼんやりとした敷草のかたまりの中に子羊は立っていた。ついさっき産まれたばかりらしく、腹部からは千切れた臍《へそ》の緒の先が垂れ下がり、体は透明な粘膜に覆われ、毛は羊水で濡れそぼっていたが、それでもなお、その子が放つ黒はあたりを圧倒していた。耳の内側の産毛から睫毛の一本一本まで、蹄の先から瞳の奥まで、どこにも例外はなかった。すべてが黒色だった。どのような仕組みによって両親のアイボリーホワイトがこの黒を生み出したのか、女が驚きに打たれ、立ち尽くしているのをよそに、三頭の親子は少しも動じていなかった。あらかじめ定められていたとおりのことが為されただけだ、といった様子で、光の射してくる方にただじっと顔を向けているのだった。

黒い子羊の噂はたちまち村中に広まった。村人は誰一人、黒い色の羊というものを見たことがなく、それを何かの良くない印であると信じた。溺れ死んだ船員の怨霊、流行り病の警告、飢饉の前触れ、海の神の怒り、戦の通達……。いずれにしても黒い子羊が話題に上る時、人々は皆眉間に皺《しわ》を寄せ、声をひそめた。女の家にはできるだけ近づかないよう用心し、どんなに遠回りになっても、黒い子羊が目に入らない小道を選んで歩いた。

しかし、子どもだけは別だった。禁止されればされるほど、彼らは黒い子羊を見たがった。良くない印の噂がいっそう彼らをうっとりさせ、むずむずさせ、居ても立ってもいられない気持にした。子どもたちは皆、身軽ですばしっこく、エネルギーに満ちあふれ、飽きるということを知らなかった。足音一つした気配もないのに、ふと女が窓の外を見やると、彼らは既に柵の外側に集まり、各々自分にぴったりくる幅の隙間に顔を押し当てて子羊を見物していた。隙間からのぞく赤らんだ額や、草の汁で汚れた靴や、羊と変わらない柔らかさで風になびく髪を見れば、彼らがどれほど夢中になっているかが分かった。

黒子羊はどんどん成長した。春の終り頃には乳離れをし、元気に庭中を探索して草をたくさん食べた。体が大きくなるにつれ、黒色はますます艶と深みを増していった。風景のどこを見回しても、これと同じ色を見つけるのは不可能だろうと誰もがそう感じる、特別な黒だった。小屋の柱にしきりに頭をこすり付けるようになると、やがて頭頂部の一部が盛り上がり、薄皮が破れ、角が生えてきた。もちろん黒い角だった。それを見届け、安堵したのか、親羊は相次いで死んだ。その死の記憶が一本めの筋になって角に刻まれた。

子羊が動くたび笑みを浮かべ、優しく語り掛けようとして名前を知らないのに気づき、はっと息を飲む子。撫でてみたい気持を抑えきれず、遠慮がちに隙間から腕を差し入れ、指をひらひらさせている子。わけも分からないまま、とにかくぴょんぴょん飛び跳ね、帽子が落ちたのにも気づかない子。そんな子どもたちを前にどうして、黒い災いに近づいちゃいけないよ、良い子は大人しくお家へお帰り、などと言って追い返したりできるだろうか。女は彼らを庭へ招き入れ、好きなだけ子羊を撫でさせてやり、角にも触らせてやり、首に抱きついたり追いかけごっこをしたり紐につないで散歩させたり、何でも望みをかなえてやった。遊び疲れると、前の日に焼いたアップルパイを切り分けて振る舞った。家中の椅子とクッションを食堂にかき集めても皆は座りきれず、小さな子は競争で女の膝によじ登ろうとした。小ささとはどこか不釣合いな重み、よだれとバターと汗が混じり合ったにおい、何重にも交差して水滴のように弾ける声の響き。自分の子どもを産まなかった彼女には、彼らがもたらす何もかもが新鮮だった。

思いがけず女は後半生、託児所の園長として生きることになった。それ以外に名付けようもないといった口振りで、村人たちはそこを『子羊の園』と呼んだ。

子どもたちが帰ったあと、日暮れが近づく中、庭に立つ黒子羊を眺めるのが園長は好きだった。後片付けの手を止め、しばらく窓辺に佇《たたず》むこともしばしばだった。子どもの相手で疲れた神経を休めようとしているのか、あるいは彼らの帰る場所が安らかであるよう祈っているのか、黒子羊はちょうど一番星が昇るあたりの一点をじっと見つめている。尻尾も鼻先も耳も動かさず、瞬《また》きさえしない。四つの蹄は草地を踏みしめ、角は強固な弧を描き、瞳は大きく見開かれている。左右離れ離れに取り残されたあの瞳で焦点を合わせると、他の誰の視線も届かない世界の遠くが見通せるのだろうか。園長は曇ったガラスを掌《てのひら》で拭う。もうすぐそこまで夕暮れが迫り、あたりは闇に飲み込まれようとしているにもかかわらず、羊の黒色だけは何ものにも損なわれない気高さを保っている。子どもたちが食べ散らかしたアップルパイの皿を両手に抱え、園長はいつまでも羊から目をそらすことができないでいる。

毎週土曜日の昼下がり、園長は子どもたちを連れ、上流の船着場を出発した遊覧観光船がちょうど村の運河を通り過ぎる頃合いを見計らって、保養公園へ散歩に行く。公園の南側に広がる芝生の斜面からは、運河が間近によく見える。

「さあ、どうでしょう。今日はお休みかもしれませんよ」

わざとじらすように園長が言うと、子どもたちは自分こそが遊覧船の第一発見者になろうとして、ベンチの上で立ち上がったり、コインを入れても作動しない壊れた望遠鏡を覗《のぞ》いたり、水際まで駆け下りたりして大騒ぎする。ほどよく興奮が高まった頃、午後の一時四十五分、運行予定表のとおりに遊覧船が橋の向こうから姿を現す。色とりどりの三角の旗で飾り付けられた、ガソリンのにおいのする細長い船だ。

昼食を終え、デッキで飲み物を楽しんでいる観光客たちに向かい、子どもたちは精一杯背伸びをして手を振る。グラスを片手に手すりにもたれ、客たちもまた、愛《あい》嬌《きょう》たっぷりの彼らに手を振り返す。ほんの十数秒の間、運河を挟んで笑顔が交差する。

遠い町からやって来た船の乗客は決して裏切らない、ということを子どもたちは知っている。彼らは黒子羊の噂をする村人のように、目をそらしたり遠回りをしたり声を潜めたりはしない。それどころか、芝生の広場で飛び跳ねているこの小さな者たちを、少しでも喜ばせようとする。お安いご用だと言わんばかりに、善良な笑みを浮かべる。

まるで僕たちを愛しているかのようじゃないか。子どもたちはますます躍起になる。だから『子羊の園』の子らは皆、このささやかな、たった十数秒の土曜日の習慣をいつも楽しみに待っている。

村人たちは『子羊の園』などどうせ長続きしないだろうと決め付けていた。女に子どもの相手が務まるとは、とても思えないからだった。女は地味で凡庸で人見知りが激しく、愛想よく笑う姿をほとんど誰にも見せたことがなかった。いつも体のどこかが痛むのを我慢するような、なぜ自分が今ここにいるのか思案に暮れるような、うちしおれた皺を額に寄せていた。肉親との縁が薄いうえに結婚生活は短く、出産経験もなく、一人の友だちさえいなかった。

しかし彼女は覚悟を決めていた。誰かから頼まれたわけでも、お告げがあったわけでもなく、ごく自然にわき上がってきた覚悟だった。それどころか人知れず、ようやく天職にめぐり合えた気持でさえいた。

誰にも気づかれてはいなかったが、唯一の取り柄として、彼女は子どもを引き寄せる才能を持っていた。自分自身がまだ子どもと呼ばれる年齢の頃から既に備わっている特別な能力だった。例えばデパートのおもちゃ売り場や、移動サーカスの入場券売り場や、総合病院の小児科外来を通りかかると、しばしば見知らぬ子どもから視線を送られた。当事者にしかキャッチできない匂いによって引き寄せられる昆虫のように、彼らは何の疑いもなく彼女に瞳を向けてきた。おもちゃもサーカスも、待合室の絵本も放り出し、目をくりくりさせながら、「何だ、ここにいたの？」とでも言いたげな表情を浮かべた。スカートの襞《ひだ》、ブラウスの袖口、ハンドバッグの留め金、手首、踝《くるぶし》、ふくらはぎ。時にはそういう場所を触ってきたりもした。別に愛想笑いを浮かべる必要などなかった。額の皺もそのままに、ただそこに立っているだけでよかった。

同じ理屈から、迷子を見つけるのも得意だった。迷子がまとう独自の輪郭を察知し、本人がそうと気づいて泣きだす前に、手を差し伸べる術《すべ》を持っていた。迷子は素直に彼女の手を握った。探していたのはママではなく、あなただったのです。そんなふうに語り掛けられている気持にさせる素直さだった。

自分のこの特性を他人に悟られないよう、彼女は慎重に振る舞ってきた。なぜかは自分でも分からないが、そうする方がいいという予感がした。親たちはたいてい自分の都合にかまけ、子どもがこっそり誰と視線を交わし合っているか気にも留めていなかったし、また子どもの方は、彼女について説明するための言葉を何一つ持ち合わせていなかった。

二十になる少し前、彼女は一度だけ妊娠したことがある。誰にも打ち明けられず、病院に行く勇気もなく、浮かんでくるのはただ、羊小屋の敷藁《しきわら》の上で産めばよいのだろうか、などというぼんやりした考えばかりだった。悪阻《つわり》がどんどんひどくなるなか、農業祭りの日、彼女の編んだ羊毛のセーターが品評会で一等を獲った。賞品は、いくら一等賞とはいえ、たった一枚のセーターにはあまりにも不釣合いに仰々しい、ごてごてと飾りの多いトロフィーだった。それが重すぎたのかもしれない。トロフィーを抱えて家まで歩いて帰った日の夜、流産した。

この経験以降、彼女と子どもたちの間に交わされる目配せの秘密はいっそう奥行きを増していった。彼女は胎児が去っていった後の空洞にその秘密を閉じ込め、こっそりと温め、熟成させていった。そして黒子羊が誕生した朝、いよいよ子どもたちに号令をかける時が訪れたのだと悟った。

村には毎年赤ん坊が生まれた。だから黒子羊を見物に来る子どもが途絶えることはなかった。時に死産や病死が重なったり、ぱったりお産が途切れたりする時期もなくはなかったが、ほどなく遅れを取り戻そうとするかのように双子や三つ子が続けざまに生まれて穴埋めをした。その間にも黒子羊はどんどん黒く立派に成長していった。

「……一八七八年のある日のことです。お父さんがおもちゃのヘリコプターをお土産に買ってきました。お兄さんは十一歳、弟は七歳でした。鳥でもないものが空を飛ぶのを見て、兄弟は驚きました。そのおもちゃはまるで、妖精に魔法をかけられたかのように、風の中に浮き上がっていたのです。おもちゃはすぐに壊れてしまいましたが、兄弟は少しもがっかりしませんでした。部品をばらばらにして仕組みをよく観察し、設計図を描いて新しいヘリコプターを作ることができたからです……」

ようやく字を読めるようになった子が、得意げに本を音読してくれる時、園長は最も深い安らぎを感じた。

「ねえ、ねえ、園長先生。準備はいい？」

準備と言ってもただ、椅子に腰掛けるだけでよかった。子どもはとっておきの一冊を抱えて園長の膝の上によじ登り、もそもそしながらお尻をぴったりくる位置に落ち着けた。おもむろに最初のページが開かれると、それを合図に園長は両腕で胴体を抱き寄せ、胸と背中をくっつけ合い、小さな肩に頬を近づけた。彼らの唇から一つ一つ言葉が発せられるたび、ふわふわした髪の毛が鼻先をくすぐった。

「……望遠鏡を使い、初めて天体を観察した人はガリレオです。ある日、オランダのめがね屋さんが、レンズで遊んでいた子どものいたずらから偶然、遠くのものが近くに見える装置を発明しました。ガリレオはこれを改良して、星空を観察したのです。最初に、お月さまから覗いてみました。月の表面は皆が思っているようにツルツルはしていませんでした。いくつも穴が開いて、ゴツゴツしていました……」

愛くるしい声、一生懸命な息遣い、ぶらぶら揺れる足、窓から差し込む光。窓の外の黒子羊。これ以上の幸せがあるだろうか。うつむいて草を食む黒子羊の両耳はぴんと立ち、ちゃんと子どもたちの音読に聞き入っているのが分かる。

園長のお気に入りは特に、偉人伝のシリーズだった。ライト兄弟もガリレオも、ヘレン・ケラーもキュリー夫人も、人類史上に残る偉業を成し遂げた人物の一生が、この未熟でたどたどしい者の両手の中に、今すっぽりと納まっている、と思うだけで爽快な気分になれた。そして偉人伝の中に必ず登場する、〝ある日〟の一言。これが現れた途端、逆らいようもなく運命は動いてゆく。ライト兄弟が飛行機で空を飛んだのも、ガリレオが地動説を証明したのもすべて、〝ある日〟の訪れのおかげだった。このダイナミックな感じが、彼女の心を躍らせた。

主人公の偉業とは対照的に、子どもたちの音読はあどけなかった。舌はまだ上手く回らず、リズムは途切れ途切れで、一文字一文字なぞる指先ははかなげだった。時折読み間違えると、自分でも変だと思うのか、瞬きをして宙に視線を泳がせ、ついでのように振り返って「ちゃんと、聞こえてる？」という目を向けてきた。

「お利口で綺麗なお声が、とってもよく聞こえますよ」

いつでも園長は、彼らが求める何倍もの称賛を贈る。

ページが進むにつれ、彼らの声は胸の隅々にまで染み渡り、二人の体温は一つに溶け合い、膝の上の重みと自分の輪郭の境目があやふやになってゆく。どんな偉人も皆、〝ある日〟に出会う前は子どもだった。この温かく柔らかい、安心しきった、小さな重みが持つ美しい季節を通り過ぎたのだ。声にならない声でそうつぶやき、彼女は両腕に力を込め、更に強く子どもを抱き寄せる。

「ねえ、まだ？」

順番を待ちきれない次の子が、園長のスカートを引っ張っている。


停留所でバスを待ちながら、運河沿いを自転車で走りながら、夕飯の買い物をしながら、無意識のうちに園長は行き過ぎる人々を二種類に分類する。『子羊の園』に入る資格がある者と、ない者。子どもと、そうでない者。単純な分類なので、一目で見分けられる。抱っこできるかどうか、基準はそれだけだ。

抱っこが必要な時、彼らは実に巧みで俊敏な動きを見せる。真正面から走り寄り、ぴょんと飛び上がったかと思うと、次の瞬間、広げた両脚、両腕を腰骨と首に巻きつけている。気づいた時にはもう、全身がしかるべき位置に密着している。そのたび園長は、自分の腰骨の窪みや、首の直径や、肋骨《ろっこつ》の隙間や胸の弾力や、何もかもが抱っこにうってつけの役目を果たしていることに気づかされる。自分の体に備わっている子ども専用の空洞が、必要な時だけ出現する不思議をしみじみとかみしめる。

無事その空洞に納まって、彼らは満足げな笑みを浮かべる。そうなればもはや重みなど感じない。彼らはそこでラッパを吹き鳴らすこともできるし、両手にクッキーを持って頬張ることもできる。一時間でも二時間でも、好きなだけ眠ることだってできる。それでこそ子どもだ。

子どもでなくなるサインは、本人にさえ悟られないほどの用心深さでひたひたと忍び寄ってくる。「あれ、妙だな」と思った時には既に手遅れになっている。いくら懸命にしがみつこうとしても、重くなりすぎたお尻はずり落ち、両腕は痺《しび》れ、顎《あご》に当たる鎖骨がゴツゴツして気持が悪い。手の施しようがないほどに、空洞からはみ出してしまっている。そもそも抱っこが必要なのはどんな時だったのか、いくら考えても思い出せない。数えきれない子どもを抱っこしてきた園長でも、そのサインを発見すると、胸が締めつけられる。

眠れない夜、園長は抱っこを求める彼らの両脚が、パッと開く瞬間をまぶたの裏に思い描く。吊りスカートの裾が翻り、パンツが覗いて見える。あるいは半ズボンが思い切り引っ張られ、ぷっくりとしたお尻の形が露《あらわ》になる。彼らには恥じらいもためらいもない。人間の脚とはこのように自由に振る舞えるものなのか、と思わせる大胆さを見せる。まだ十分に成長しきっていない、か細い太ももが腰骨に沿って密着し、足首は背骨のあたりで交差している。鼻先と頬が触れ合う。みぞおちに股間が押し付けられる。そこから温かみが伝わってくる。その感触さえ蘇ってくれば、安らかな眠りに落ちることができる。

金曜の夜、残り物のフライをパンに挟んで簡単な夕食を済ませると、園長はJの歌を聴きにナイトクラブへ出掛ける。入念にシャワーを浴び、無駄毛を処理し、シルクのワンピースに着替える。口紅を塗り、髪を結い上げ、普段は隠れている耳たぶにイヤリングを飾る。Jからプレゼントされたイヤリングだ。

バスを終点の一つ手前で降り、メインストリートから一本西に入ってしばらく歩くと、右手に村で一番古いビルが見えてくる。その一階にナイトクラブはあった。

いつもにぎわっている評判のいい店だったが、Jが専属の歌手になってから女性客が増え、いっそう繁盛するようになっていた。看板のネオンサインは色鮮やかに輝き、出入りする客の姿は途絶えず、ドアマンが扉を開け閉めするたび店内のにぎわいが通りにまであふれ出ていた。

通りの向かい側からしばらく人の動きを観察したあと、ドアマンが後ろを向いた瞬間を見計らい、園長は素早くビルとビルの隙間に体を滑り込ませる。壁にこすれてワンピースが汚れないよう注意しつつ、店の裏口へ回り込む。排気口の真下、ポリエチレン製のゴミ箱の上が彼女の指定席だった。

最初のうちは勇気を振り絞り、何度か店内へ入ろうと試みた。しかしマイクを握るJの姿がドア越しにちらっとでも目に入った途端、鼓動が激しくなり汗が噴き出し、それ以上足を踏み出すことなどできなくなってしまった。『子羊の園』の園長が夜、お酒を飲みに出歩いていると村人たちが知ったら、きっと変な噂を立てるだろう。万が一、Jの評判に傷がつくような危険を招いてはいけない。もしそんな事態に陥ったら、とても自分には耐えられそうにない……。

「ご入店なさいますか？　お客様」

言葉遣いは丁寧ながら、ドアマンは明らかにいぶかしげな表情を浮かべていた。

「いいえ、すみません。間違えました」

とっさに園長はビルの隙間に逃げ込み、通りの人影が目に入らない薄暗がりに身を潜め、ハンカチで汗を拭いながら息が鎮まるのを待った。耳元でイヤリングがひどく揺れていた。そこがゴミ箱の並ぶ裏口だった。

それは彼女にとってうってつけの座席となった。余計な人は誰もおらず、ゴミ箱のサイズは体にぴったりと合い、排気口からは間違いなくJの歌声が聞こえてきた。そのうえ、お金もかからなかった。もちろんモーター音や周りのざわめきに邪魔されはしたが、それは神経をただひたすらJに集中させて耳を澄ませればいいだけの話で、何ら難しくはなかった。愛らしさがたまらなく極まった時、なぜかふっと影がさして喜びと淋しさの見分けがつかなくなる瞳。低音になるにつれ震える睫毛。大事な人の手を握っているかのような、マイクを持つ指の形。靴先で刻まれる、他の誰にも気づかれない、彼女だけに届く暗号のリズム。歌っている時のJについて何でも知っている園長にとってみれば、まぶたを閉じ、胸に浮かんでくるJを見つめることは、目の前に彼がいるのと同じだった。

彼女は足元にハンドバッグを置き、ゴミ箱の蓋ががたがたしないよう体勢を整え、ワンピースの皺をのばす。排気口を見上げ、そこから噴き出す空気の流れを最大限にキャッチできる向きに、両耳を傾ける。

Ｊのうたう歌はどれもロマンチックだ。君にあげられるのは愛だけ、それ以外には何もない、でもきっと許してくれるね、二人が出会えた運命を神様に感謝するよ、僕のためにどうか愛の言葉をささやいておくれ、夜明けが来ても帰らないで、ずっとそばにいて、愛してるよ……。

こんな幻のような言葉に息を吹き込み、輝きと情熱と真実を与えられるのはＪ以外にいない。彼によって愛という言葉の本当の意味を捧げられているのは、世界中で自分一人だ。ステージの上で歌っているＪの歌声は、客たちのものかもしれない。もちろんそれは認めよう。しかし、今、この油と埃《ほこり》にまみれた、臭い排気口から響いてくる彼の歌声は、私の鼓膜だけに届いているのだ。その証拠にほら、まるでＪが耳たぶに触れているかのようにイヤリングが揺れているじゃないか。胸苦しいほどの高まりを覚え、園長は一つ、長い息を吐き出す。

Ｊが歌手になるのは当然の成り行きだった。彼の歌声が特別な祝福を受けたものであることに、彼女は最初から気づいていた。ほんの一瞬、口ずさむだけで十分だった。人が人になる以前、もっと危険な世界に取り残されていた遠い昔、安住の地へつながる合図を聞き取るため、ひたむきに耳を澄ませていた記憶を呼び覚ます声だった。うっとりとして身をゆだね、この声に乗ってどこまでもついてゆきたいという気持にさせる響きを持っていた。その光沢、柔らかさ、豊かさは、自然界にある何ものに譬《たと》えても足りなかった。もし譬えられるとすれば、黒子羊のカールした羊毛だけだ。そう園長は確信していた。

クラブはいつもにも増してにぎわっている様子だった。客たちの嬌声《きょうせい》や拍手や食器のぶつかり合う音は途切れることがなく、排気口はフル回転していた。ビール、生魚、にんにく、ラード、臓物、ウィスキー、生クリーム、胃液、唾、さまざまな臭いが頭上から降り注ぎ、園長の全身を覆っていた。時折、油の雫も落ちてきた。結い上げた髪の間に紛れ込んだそれは、ゆっくりとこめかみを伝っていった。

涙が止まらない夜は僕のところへおいで、この愛は永遠の魔法さ、他の誰かのためにウィンクしないで、君は僕だけのもの、今夜、星空の下で口づけをしよう。

途切れ途切れになりながらも、雑音と臭いの隙間を縫い、長い道のりに耐えてたどり着くからこそなお、Jの歌声は健気だった。垂れる油に構いもせず、園長はビルの屋根に切り取られた群青色の空を見上げた。そんな細長い空にもちゃんと星が瞬いているのを確かめ、夜風で冷たくなった両手に息を吹きかけた。ハイヒールの爪先が痛み、靴擦れに血がにじんでいるのだと分かった。

ええ、大丈夫よ、夜が明けたって帰ったりしないわ、あなたの胸以外に戻る場所などないもの、あなたと一緒に天に感謝するわ、そうね、星がきれいだから、口づけをしましょうね。

こらえきれずに彼女は目を閉じ、両耳のイヤリングをそっと握り締めた。それをプレゼントしてくれた時、小さな箱を掌に載せ、ひざまずいていたＪの横顔が浮かんできた。美しい歌声を既に十分すぎるほど捧げてくれているのに、それでは足りなくて、なのにこんなつまらないものしかプレゼントできず、ごめんなさい、とでも言いたげなはにかんだ横顔だった。それから二人でダンスを踊った。Ｊは歌うように踊ることができた。手を握り、腰に腕を回し、彼女をリードした。イヤリングも一緒に踊っていた。二人の足は寄り添い、触れ合い、交差しながら床に音符を描いていった。彼女の背中にはずっといつまでもＪの掌の感触が残っていた。ダンスの終わりの合図はキスだった。無邪気な、ほんの一瞬の、けれどどこかおずおずとしたキスだった。彼女を見つめる瞳には、自分の唇がちゃんと望まれたとおりの役目を果たしたかどうか問うような表情が浮かんでいた。何の心配もいらないのよ、と答える代わりに彼女は、Ｊの頬を両手で包んだのだ。

「ちょっと、おばさん」

突然裏口から残飯の袋を提げた店員が出てきた。

「邪魔、邪魔」

園長は慌てて立ち上がり、ハンドバッグを抱えた。乱暴にゴミ箱に放り込まれたビニール袋から汁が飛び散り、ワンピースの胸元を汚した。

「ごめんなさいね」

走り去る園長の背中で、店員が舌打ちするのが聞こえる。髪は解《ほど》け、足はかじかみ、ストッキングには泥が跳ね上がっている。たった今、Jと口づけを交わしたばかりであるかのように、口紅は大方落ちかけている。

その夜は、『子羊の園』までバスに乗らずに歩いて帰った。なぜか夜道を一人で歩きたい気分だった。店員が追い掛けてこないか少し心配で、ビルの隙間を抜け出る時振り返ってみたがそんな気配はどこにもなく、メインストリートを外れるともう、誰ともすれ違わなかった。

園長は心置きなく、Jがうたってくれた歌をハミングした。見上げると、ガリレオが喜びそうな星空が一面に広がっていた。彼女が一歩足を踏み出すたび、排気口の臭いが闇の中に立ち上っていった。小道を曲がると柵に囲まれた園庭と、片隅の藪《やぶ》の下でうずくまる黒子羊が見えてきた。出掛ける前、胸が高鳴ってうっかり小屋へ入れるのを忘れてしまったようだった。それでも黒子羊は何の不足もない様子で穏やかに眠りに落ちていた。どんなにすっぽり夜の闇に包まれていようと、彼女にはその黒色をちゃんと見分けることができた。

園に帰り着くとまず、何より大切なイヤリングを外して宝石箱に仕舞う。それはとても壊れやすいので慎重に扱わなければならない。色とりどりのビーズを通した五センチほどの木綿糸の先に、厚紙でできた黒い羊がぶら下がっている。Jの素晴らしいアイデアにより、留め金には書類を挟む事務用のクリップが使われている。片方の羊は太り気味、もう片方は顔が長めで、角度によっては犀《さい》やアリクイにも見える。黒く塗りつぶされた表面には、上下左右、はみ出さんばかりにクレヨンを動かし、鼻も目も口も全部黒色に閉じ込めてしまったJの元気のよさが表れ出ている。おかげで表と裏、離れ離れに取り残された両目は、永遠に暗闇を見続けることができる。

二十年近い月日の流れのために厚紙は張りを失い、縁はささくれ、木綿糸はいつ切れてもおかしくないほど細くなっている。これをJがプレゼントしてくれたのは、

『子羊の園』開園何周年かの記念日だった。部屋を造花とモールで飾りつけ、デコレーションケーキを焼き、園長と子どもたちだけでささやかなお祝いをした。誰の誕生日でもないのになぜお祝いするのか、子どもたちはよく分かっていなかったが、それでも楽しい気分を味わって喜んでいた。エンターテイナーとしての片鱗を発揮し、Jは園長を喜ばせるために何でもしてくれた。歌も、ダンスも、キスも。

あの時のJの何と可愛らしかったことか。ふくらんだ頰、透き通る肌に浮かぶ血管、艶々の歯茎、湿った掌の皺、小さすぎる爪、鎖骨のへこみ……。全身が完璧だった。Jが自分の目の前に立っている、というその事実に圧倒され、言葉をなくした。これほどの可愛らしさを創造するためには、きっと何かズルをしなければならなかったはずだ、と園長は信じた。

園長は長い時間事務用クリップに挟まれ、紫色に変色してずきずきと痛む耳たぶをさすりながら、もう何度思い返したか知れない、Jを抱っこした時の感触を蘇らせる。彼をJと呼ぶことに決めたのも、そのJという文字の形が、抱っこをせがんで飛びついてくる彼の姿によく似ていたからだったのに、なぜかJもいつしか子どもではなくなって、『子羊の園』を出ていった。

相変わらず窓の外は闇に満たされている。風のいたずらなのか瞬きのせいなのか、闇の向こう側がほんのわずか震えたように思え、園長は目を凝らす。黒子羊が夢でも見ているのだろうか。まるでJを抱きとめようとするかのように園長は両腕をのばし、その黒の中ほどに手を埋める。けれど掌には何の感触も残らない。掌の空洞に視線を落とし、吐息を漏らす園長のかたわらで、黒子羊は闇を見つめ、ひっそりとたたずんでいる。

自分には決して〝ある日〟は訪れないだろう。ハミングを止め、園長はそうつぶやく。

「園長先生。お話を聞かせて」

幼すぎてまだ偉人伝のシリーズを読めない子どもたちは、しばしば彼女にお話をせがむ。床に腰を下ろし、膝を抱えたり、足裏を合わせて両脚でひし形を作ったり、人魚のように体を傾けて隣の子にもたれかかったりする。あるいはブラウスの袖口をしゃぶったり、足の指のにおいをかいだりする。彼らは小さな体でいくらでも、変化に富んだ形と仕草を生み出せる。

「さて、どのお話にしましょうか」

遊戯室の真ん中に置かれた椅子に腰掛けると、子どもたちは一斉に身を乗り出し、目を輝かせ、たった一言でさえ聞き逃しはしない、という熱心さで耳を傾ける。園長は彼らを見回したあと、十分に間を取ってから宙の一点に視線を送る。子どもたちはその一点にお話が仕舞われているのだと信じている。園長は彼らが一番好きな、黒子羊の死に方のお話をする。

羊は争いごとの苦手な生きものです。そんな羊が身を守るために神様から授けてもらったプレゼントはたった一つ、逃げ足です。相手を打ち負かして何かを横取りしたり、威張ったりすることに羊は興味がありません。たとえ弱虫と馬鹿にされたって気にしないのです。潔く、迷いなく、ひたすらに逃げる。これのどこが弱虫なのでしょうか。

ですからその夜、野犬が襲ってきた時も、黒子羊は敵に背を向け、一目散に走りました。あいにくあたりは真っ暗でよく見えませんでしたし、プレゼントの逃げ足は、直線は得意でしたが曲がることには多少の欠点があったらしく、黒子羊は藪の中に突っ込み、更には勢い余ってその奥にある柵の隙間に挟まってしまいました。頭と前脚は向こう側に、お尻と後ろ脚はこちら側に、そして昼間たっぷり草を食べてパンパンに膨らんだ胴体は柵の板に挟まれて、どうにもこうにも身動きが取れません。更に運の悪いことに、生えはじめたばかりの角先がフックのようにがっちりと柵に突き刺さっています。動けば動くほど板が肉に食い込んで、肋骨がギシギシ音を立てます。それでも野犬に見つかっては大変だと思ったのでしょう。どんなに痛くても黒子羊は鳴き声一つ上げませんでした。

後ろ脚の蹄は湿った地面に埋まってゆき、その間、前脚は空しく暗闇を搔《か》くばかりです。少しずつ血のめぐりが悪くなって、体は痺れ、痛みは頂点に達し、瞳は真っ赤に腫れ上がって今にも爆発しそうなほどです。脇腹の皮膚は裂け、そこから膿《うみ》があふれ、柵を飲み込むように盛り上がってゆきます。汗と夜露で毛はぐっしょりと濡れています。

いつの間にか野犬はあきらめて去って行ったようです。だんだんお腹が空いてきます。喉はからからです。顔を上げても、絡まる小枝の間から、明けては暮れ明けては暮れを繰り返す空がほんのわずか見えるだけです。最後の力を振り絞り、黒子羊は舌をのばして鼻筋についた夜露をなめます。藪にすっぽり隠れてしまった黒子羊を助けに来てくれる人は誰もいません。

息絶えた黒子羊の、まず盛り上がった膿が溶け、やがて肉と内臓が腐って一緒にドロドロと垂れ落ち、膜や消化液や脂肪や筋や、そんなものたちが蒸発してゆきました。取り残された骨は、そうなってもなお毅然と柵に突き刺さったままの角を起点とし、藪の小枝や柵を巻き込みながら、全く新たな形に組み合わさってゆきます。そこに張り付いたりぶら下がったり絡まったりしている羊毛の名残が、更に魅力的なムードをかもし出しています。

黒子羊が行方知れずになったことなどとうに忘れ去られた頃、育ちすぎて日当たりの悪くなった藪が切り倒されました。その奥から何とも言えない物体が現れた時、誰もそれが元々羊の死体だったとは気づきませんでした。才能のある、しかし恥ずかしがり屋の芸術家がこっそりこしらえた作品だと思ったのです。黒子羊が自分自身を材料に、命がけで制作したその作品は、慎重に救出され、どこか遠い町の美術館に今でも展示されているということです。

お話を聴く子どもたちの体勢がさまざまであるのと同じくらい、黒子羊の死に方にもバリエーションがある。

皆よく知っているとおり、黒子羊には二本の角が生えています。このあたりには生息していない特殊な種類の羊です。頭のてっぺん付近から生えているそれは、体中のどの部分よりも美しい黒色をしています。顔の脇にぴったりくっついて（ほとんど睫毛の先に触れそうです）渦を巻くさまは、目立つのを恐れ、できるだけスペースを節約したがっているかのようです。

子どもたちはその角が大好きです。凶暴な感じがなく、それどころか愛嬌にあふれ、日に日に成長して形を変えるので毎日眺めていても飽きません。表面を撫でる、においをかぐ、両手で握り締める、筋の本数をかぞえる。遊び方はいろいろあります。黒子羊はされるがまま、ちっとも嫌がりません。もしかすると角の本来の使い道は、子どもたちの遊び道具なのではないかと思うくらいです。

中でも一番人気は何でしょう？　そう、角の輪の中に顔を近づけ、向こう側を覗き見する遊びですね。向こう側といってもすぐそこには、黒子羊の頭があるわけです。けれど子どもたちはまるで、角が魔法の覗き穴でもあるかのように胸をドキドキさせながら、額と頬を輪に押し当て、目を凝らします。

一体、何が見えますか？　そこは一面、吸い込まれそうな黒色です。ガリレオが望遠鏡で覗いた宇宙もきっと、同じようだったに違いありません。子どもたちが心ゆくまで遠い一点を見通せるよう、黒子羊はいつまでもじっと動かないでいます。

ある日、そう、偉人ばかりでなく黒子羊にも〝ある日〟は訪れます。ある日、夜が明ける前、黒子羊はこっそり柵から抜け出して森へ向かいます。まだ皆寝静まっていて、黒子羊の最後の姿を見送った者はいません。迷ったり振り返ったり立ち止まって草を食んだり、そういう余計なことは一切せず、ただ一頭だけで、森へ続く道をひたすら真っ直ぐに歩いてゆきます。少しずつ姿を現しはじめた太陽が、靄《もや》の中に黒い色を浮き上がらせます。その朝最初の光が、角を照らします。やがて後ろ姿は森の中に消えました。

最初に死体を見つけたのは森の番人小屋に住む老人でした。森の営みについて知り尽くしている、勇敢で賢者の老人でさえ、かつて一度も経験したことのない死体の姿に一瞬おののきました。黒子羊はのびすぎた自分の角に首を絞められて死んでいたのです。

そう長い時間は経っていないようでした。普段ほとんど誰も近づかない、森の北側、羊歯《しだ》が生い茂る奥まった窪地にそれは横たわっていました。脚はちぐはぐに投げ出され、口は半開きになり、濁った目は虚空《こくう》を見つめていましたが、苦しみの名残は見られませんでした。惨めでも哀れでもありません。気高い死体でした、と老人は証言しています。

ぐるぐると何重にも渦を巻いた角は行き場を失い、左右両方から黒子羊の首元に忍び寄り、それでものびることを止められずにとうとう、首に巻きついていました。争いの苦手な大人しい羊の、どこにこれほどの力が潜んでいたのかと驚くほどに、顎の下で交差した二本の角は容赦なく首を絞め上げ、骨を砕き、息の根を止めていました。

もし子どもたちにこの角を持ち帰ることができたら、どんなに喜んだでしょう。大小さまざまな大きさの輪が、さまざまな向きに組み合わさり、一本それを持ってさえいれば、どんな世界だって覗き見できそうだったのですから。

一日の終り、園長は日誌を書いた。その日、子どもたちが食べたおやつ、日光浴と昼寝の時間、トイレを失敗した回数、散歩の行き先、うたった歌、汚したタオルの枚数、読んだ偉人伝のタイトル、お話しした黒子羊の死に方。すべてを記した。

園長室の本棚には開園以来つけてきた、数えきれないほどの日誌が一冊残らず収納されていた。最初の頃の日誌はすっかり色あせ、背表紙が押し潰され、不用意に触れると紙が粉になって舞い上がった。一冊一冊が離れがたく密着し合い、時間の地層になっていた。黒子羊の角に刻まれる筋とよく似ていた。鉛筆を置くと園長は、日誌を閉じ、それを地層の一番端に立て掛けた。

偉人でなくとも、羊でなくとも、やはり園長にも〝ある日〟は訪れた。園長が真夜中になぜそんな所を歩いていたのか、村人たちには見当がつかなかった。Ｊの歌を聴きに行った帰りだと知っている人はいなかった。園長は濡れた芝生に足を取られ、運河に滑り落ちて溺れ死んだ。外れたイヤリングが二つ、離れ離れになって斜面の途中に引っ掛かっていたが、それが園長の遺品だなどとは誰も気づかず、次々集まってくる野次馬に踏み潰《つぶ》されていた。ビーズはちぎれ、クリップは歪《ゆが》み、厚紙の黒子羊は土に埋もれていた。しかるべき調査のあと、遺体は運び去られた。午後、土曜日の遊覧観光船が通り過ぎる頃には、野次馬たちも姿を消し、人が死んだ気配はすっかり失せていた。

どんな葬儀であろうと、葬列というのは長いものと決まっている。うな垂れた者たちが一列に連なり、無言でゆっくりと歩めば、人数にかかわらずそれは長々とした印象を与える。どこへも行き着きたくないのに、仕方なく歩いているような、どこへ向かっているのか尋ねようにも言葉が上手く浮かんでこないような、茫洋《ぼうよう》としたその長さは、もしかしたら最後尾は世界からはみ出しているのではないだろうか、という不安さえ呼び起こす。

子どもたちは列の先頭を歩く。ブラウスも半ズボンも吊りスカートも黒で揃えられている。男の子は黒いハンカチーフを胸ポケットからのぞかせ、女の子は黒いリボンで髪を結んでいる。園長からお話を聞かせてもらう時のように、全員体を寄せ合って一かたまりになっている。死者は閉じた目で、生き残った者は伏せた目で、まぶたの向こうに透ける黒色を目印にしてそれについて行く。列に連なる村人たちは、鐘、写真、旗、壺、箱、自らに割り振られた品を注意深く手に持ち、目印を見失うのを恐れてよそ見もしない。

子どもたちは園にいる時と何ら変わりがない。ひとときもじっとはしていられないし、大きな声で笑ったり歌ったり奇声を発したりする。唾を飛ばし、嘘泣きをし、スキップをする。いつどんな場合であれ子どもは、子どもでいることから逃れられない。それでも、閉じられた死者のまぶたには、一点の曇りもない黒色で全身を満たした一頭の黒子羊が、くっきりと浮かび上がっている。

本当に黒子羊は行き先を知っているのだろうか。ふと村人たちは不安を感じるが、口に出して問いただす勇気は持てないでいる。子どもたちはたとえ自分がよく知っていることでさえ、それを言い表す術を持っていない。彼らが知っていることは、とても遠い場所に隠れている。例えば皆から忘れ去られた、生い茂る藪の奥や、羊歯に覆われた冷たい窪み。黒子羊が持つ二つの瞳でしか見通せない、遠い場所。子どもたちが口にできるのは、せいぜい偉人伝の文字だけだ。

ゆるゆるとした葬列は時に蛇行し、転がる石にリズムを乱し、坂道を上り下りしつつも、止まる気配は見せない。やがて木立の間から海が見えてくると、黒子羊はそちらに頭を向け、角を宙に捧げ、まるで何かを懐かしむように瞬きをする。離れた二つの瞳が結ぶ、海の果てをじっと見つめる。風が少しきつくなってきたのか、村人たちの髪がもつれ、喪服の裾がなびいている。列の中にJがいるのかどうか、誰も知らない。

太陽が真上に近づくにつれ、黒色はより深みを帯びてくる。それに導かれて人々は、死者に相応《ふさわ》しい場所を目指してどこまでも歩いてゆく。

巨人の接待

いよいよ巨人が到着するというので、空港のロビーは緊張に包まれる。もう二時間も前から出版関係者や新聞記者や役人たちが所定の位置につき、いつ巨人が現れてもいいよう抜かりなく準備を整えている。ある者は携帯電話でハイヤーの運転手と連絡を取り合い、ある者は「ようこそいらっしゃいました」と書かれたプレートが上下逆さまになっていないか確かめ、またある者は歓迎の花束のリボンを何度も結び直す。

それでもまだ落ち着かないのか、現場の責任者と見なされている編集長はあたりをうろつきながら部下に文句を言ったり、集まってくる野次馬を追い払ったりする。そうしている間にも次々と到着便を知らせるアナウンスが響き渡り、掲示板にランプが点《とも》る。そのたびごとに皆、息を飲み、携帯電話やプレートや花束を持つ手に力を込める。

私は集団の最前列、巨人を一番に目にできる特等の位置を与えられている。なぜなら、巨人の言葉を通訳できるのが、私一人しかいないからだ。

「清書したスケジュール表は持ったか？」

「はい」

「誤訳はないか？」

「はい、もちろん」

編集長は私のことを信用していない。本当ならば巨人研究の第一人者であるW先生が通訳をする手はずになっていたところ、来日の前々日になってボツリヌス菌による食中毒を起こし、入院する騒動となったため、急遽弟子の私にピンチヒッターの役目が回ってきた。編集長はこのアクシデントを、巨人来日の成功を脅かす不吉な前兆ととらえたらしい。初めて対面した時から、こんな若造で大丈夫か、という表情を遠慮なく向けてきた。

しかし災難はこれにとどまらなかった。今度は巨人の秘書ダニエルが生牡蠣《なまがき》にあたり、同行できなくなったとの連絡が届く。英語のできるダニエルが来ないことで、事態は一層悪化し、編集長を不機嫌にした。遠く離れた町で発生した二つの食中毒が一つのラインで結ばれた時、編集長にとってそれは、取り返しのつかない災難を引き起こす呪いの印となった。彼は私を、まるで毒を盛った張本人であるかのような目で見やった。

ダニエルの欠席は私にも少なからずショックを与えた。秘書ダニエルの美男子ぶりは有名で、私は彼に会えるのを秘かな楽しみにしていたからだった。

巨人は一言も英語を喋らない。イタリア語もフランス語もドイツ語も使わない。生まれ故郷であり現在も暮らしている、バルカン半島の小国の、しかも内陸部丘陵地帯に点在する村々だけで使われている地域語が、巨人の言葉である。少なくとも国の公用語は使いこなせるに違いないのだが、デビュー以来、作品はすべて地域語で書かれてきた。翻訳された作品が世界中で読まれる作家となった今も、そのスタイルを貫いている。滅多に公の席には姿を現さないが、数少ない過去のインタビュー、講演、スピーチ等々の記録を見る限り、どんなに通訳の手間が掛かろうとも、巨人は地域語以外の言葉を口にしてはいない。

政治的な意味などない、ハンディを顧みずそこまで希少言語にこだわるのは、ただ、小鳥たちが各々声帯の形に相応《ふさわ》しい声で求愛するのと同じなのだ、とW先生は言っている。ただし世間では、言葉の問題はつまり、巨人の頑固さ、偏屈ぶりを象徴する一例としてとらえられており、数々の伝説を彩る一要素となっている。例えば、ある定められた寸法を持つ机の上でしか執筆しない。好物はオブラート。得意料理はセミの抜け殻のフライ。庭に家よりも広い鳥小屋があり、そこで百羽十五種類の小鳥を飼っている。そのすべてに名前があり、恋人の存在を尋ねられると、百羽の名前をいちいち全部挙げる。無礼な振る舞いをする客には、小鳥の糞を投げつける。執筆前の儀式はダニエルの枝毛を抜くこと。趣味は松ヤニから琥珀《こはく》を作ること。……。

自動扉が開き、その向こうから巨人が姿を見せた途端、どよめきが沸き起こり、拍手が鳴り、フラッシュがたかれる。リハーサルのとおり、招聘《しょうへい》委員会の代表と事務局長と編集長が速やかに前方へと歩み寄り、その後ろに花束贈呈係の女子事務員と私が付き従う。

巨人は通路の中央に立っている。背後にはカートに荷物を載せた空港職員が、恭《うやうや》しい態度で控えている。

「ようこそいらっしゃいました」

「遠いところをおいでいただき、感謝申し上げます」

「お目にかかれますのを心待ちにしておりました」

三人のお偉方は感じのいい笑みを浮かべてはいるが、声は緊張して上ずっている。歓迎の挨拶は型どおりの文句なので、訳すのは造作もない。私は巨人から発せられる第一声を待つ。

巨人はなかなか口を開かない。天井の飾りを見上げたり、明るすぎる照明に目を細めたり、材質を確かめるように靴底で床を鳴らしたりしている。なるほど、勿体《もったい》をつけても当然だろう、何と言っても巨人なのだから。皆、歓迎の微笑を保ったまま、しまりのない沈黙に耐え続ける。

その間ようやく私は巨人の全体像と細部をキャッチする。これはあらかじめ予想できたことではあるが、巨人は決して文字どおりの巨人ではなく、むしろ体つきは小柄で、ひどく痩せている。髪は年相応に抜け落ち、両耳の後ろ側に赤茶けた巻き毛がもやもやと残る以外、頭部はむき出しになっており、特に前へせり出さんばかりに発達したおでこが目立っている。そのおでこのせいで眼球は頭蓋骨の奥へひっそりと落ち窪み、目の表情を読み取るのは難しい。頬骨は高く、眉間の皺《しわ》は深く、唇は薄い。群青色の綿の長袖シャツに大きすぎるズボン、飴色《あめいろ》の革靴、というラフな装いながら、首元まで全部留められたボタンと、きゅっと絞り上げられたベルトのおかげできちんとした印象を受ける。唯一のお洒落《しゃれ》と言えるのか、胸ポケットにグリーンとオレンジがグラデーションになった鳥の羽根を一本挿している。よく見れば荷物は、わざわざカートで運ぶほどのこともない小さな手提げの旅行鞄《かばん》一個だけで、思わず子供用かと錯覚してしまう。表面は無数の傷でざらざらとし、所々へこみも目立ち、持ち手は指の形が黒ずみになって浮き出ている。

巨人の喉仏が上下し、口元がもごもごと動く。遂にお言葉か、と皆一斉に姿勢を正す。唇が開き、舌が覗《のぞ》き、息のようなものが漏れ出す。

「さっさと訳さないか」

苛立たしげに編集長が背中を突く。

今、巨人は喋ったのか？　慌てて私は口元に耳を寄せるが、やはり届いてくるのはささやきより頼りない吐息ばかりで、とてもそれをつなぎ合わせて一つの言葉にするのは困難と思われる。

「このたびはお招きいただき、ありがとうございます」

咄嗟《とっさ》に私は口から出まかせを言う。これ以上の間には耐えられそうになく、また巨人に向かってもっと大きな声で喋って下さいと言う勇気もなく、まあ常識からしてこういう意味のことを言いたいのであろうという台詞を捏造《ねつぞう》する。

出だしからいきなり通訳の禁を犯してしまったにもかかわらず、皆は満足して一層の笑顔をほころばせ、巨人もまた文句をつける気配はない。やっとタイミングをつかんだ女子事務員が花束を手渡すと、案外素直に巨人はそれを受け取り、セロファンの包みに顔を埋《うず》めて匂いをかぐ。再び拍手が起こる。

大仰な様子の割に、現れたのがアイドル歌手でも映画スターでも大リーガーでもなく、ただの地味なお爺さんだったことにがっかりしたのか、いつの間にか野次馬は姿を消し、到着ロビーには巨人を中心として半円を描く私たちだけが取り残されている。たまに旅行者が迷惑そうな顔をしながら、私たちを避けて通り過ぎてゆく。窓ガラスの向こうが闇に塗りつぶされている中、半円の中だけくっきりとした光に包まれている。

空港からの長い道のりを経てようやくホテルに落ち着き、私以外のメンバーが引き揚げた時、巨人はおもむろに言った。

「この花を部屋に飾りたいのだが」

それはその日初めて、一生懸命に耳を澄まさなくても、推理を働かさなくてもごく自然に聞き取れる言葉だった。ついさっきまで弱々しくうごめくだけだった唇から、間違いなく一続きの輪郭を持った言葉たちが、軽やかにこぼれ落ちてきた。

「もちろんです」

自分の耳でもちゃんと巨人の声の波長を聞き取れるのだ、ということがはっきりして安堵し、私は元気よく返事をした。すぐさまフロントに電話して花瓶を持ってきてもらい、花束の包装を解き、リビングのコーヒーテーブルの上に飾った。女子事務員が何度もきつく締め直したおかげでリボンを解くのに手間取ってしまったが、その間巨人はゆったりとソファーに腰掛け、両手を胸の下で組み、じっと花だけを見つめていた。それは青紫色のリンドウだった。

「美しい」

と巨人は言った。こんな華奢《きやしや》な喉から発せられたとは思えないほどに、深みのある声だった。

「あなたの胸ポケットの羽根と、よく調和しています」

そう言ったあと、急に恥ずかしくなって私はうつむいた。

「ボタンインコ、チャオの羽根だよ。お利口に留守番してくれているといいのだが……」

巨人はいとおしそうに羽根の先を撫でた。

すぐ下の階の1008号室、ダニエルが泊まるはずだった部屋に私はいること、用事があれば何時でも電話を掛けてほしいこと、明日の朝は十時に迎えに伺うことなど、すべての事務連絡が終ったあと、巨人は花瓶からリンドウを一本抜き取り、こちらに向かって差し出した。私よりももっと恥ずかしそうな様子をしていた。

自分の部屋に戻ってから私はそれをガラスコップに挿し、ベッドサイドに置いた。

公開対談、文芸雑誌のインタビュー、朗読会、スポンサーとの会食、写真撮影、サイン会、ラジオ番組の収録……。我々がいかに巨人を待ち望んでいたか、その気持を証明する唯一の方法はイベントを目一杯詰め込むことだ、と信じる編集長により、スケジュールは一分の隙もなく組み立てられている。さすが巨人は不平をこぼさず、我がままを言わず、あくまでも堂々と巨人らしく振る舞う。行く先々で準備は万端整えられ、巨人の肉声を一声でも聞こうとする人々が待ちかねている。

しかし、その一声が問題なのだ。公の席になると相変わらず巨人の声はとても小さい。口数も少ない。更に質問を受けてから答えるまで、果てしなく長い時間がかかる。

こういう状態に慣れるまで、正直皆戸惑いを隠せず、特に編集長は苛々を募らせる。音声係を叱りつけたり、マイクのメーカーを呪ったり、あるいは巨人の喉の調子を案じてうがい薬を買いに走ったりと、自分なりに現状を打破しようと試みるが、最終的に矛先は私に向けられる。

「君が正確に訳さないからじゃないのか」

日に何度も編集長は私の耳元に顔を近づけ、この同じ台詞を繰り返す。けれど私は少しも傷ついたりしない。二人だけの時、巨人の声がいかに真っ直ぐ私の耳へ届いてくるか、それがいかに優しい声か、よく分かっているからだ。巨人の本当の声とその意味を知っているのは私だけだ、と思うだけで、自分が大事な使命を帯びた天使にでもなった気持になれる。

勇気ある聴衆の一人が手を挙げ、巨人に質問する。形式に内包される自由の出現、記憶と言葉の相関関係、時間の喪失がもたらす物語の膨張運動、題材の発展と凝縮のバランス、執筆の時間帯、タイプライターの機種、小鳥たちの餌の内容など、人々が尋ねたい問題は多岐にわたる。彼らは巨人を前にして一様に興奮しており、千載一遇のチャンスに自らの感想や意見を織り交ぜなくてはいられず、質問はどんどん長くなる。

巨人の左斜め後ろに控える私はすぐさま通訳する。マイクの感度が最高レベルに設定されているため、どんなに注意深くささやいても私の声は巨人の声よりずっと大きく会場に響いてしまう。出しゃばりな通訳と誤解されなければいいが、と私は多少心配になる。

自分のすぐ目の前に巨人の左耳がある。下草からのぞく茸《きのこ》のように、巻き毛の間に半ば埋もれている。いつしか、その形から産毛の生え方まで、左耳に関する何もかもが私にとっての馴染《なじ》みとなる。耳たぶの微かな震えにより、巨人が間違いなく私の訳を理解しているということも分かるようになる。

そこから巨人の長すぎる沈黙がはじまる。誰もそれから逃れられない。質問者はマイクを握ったまま立って待っている。聴衆のすべて、スタッフ、舞台にいる我々、全員がただひたすら巨人の言葉を待ち続ける。

人々と巨人の間には広大な星雲が横たわっている。それは暗闇よりもっと濃い影を落とす。我々がいくら目を凝らしても、巨人は漂う星屑に包まれてはるかに遠く、とてもその姿は見通せない。我慢できなくなった誰かが、せめてものつなぎにと咳払いをする。首を回したり、瞬《まばた》きを繰り返したりする者もいる。司会役の編集長はマイクを更に巨人に近づけ、その隙に私の足を踏みつける。

あなたはあなたの声帯に相応しい声で語ればいいのです、と私は心の中で呼び掛ける。すると巨人は耳たぶで私だけに合図を送り、マイクに視線を落としてから、二言三言答える。星雲の流れに小鳥の羽根を浮かべるように、そっと言葉を吐き出す。質問に比べてあまりにも短い答えは、あっという間に誰かの咳払いに紛れ、姿を消してしまう。

しかし巨人の言葉そのものは決して投げやりでも期待はずれでもない。たとえどんなに短い答えだとしても、ひとたび巨人が口にすれば、それまでの気まずい沈黙などたちまち霧散し、人々は言葉以上に多くのものを受け取ることになる。星雲に浮かんだ羽根は聴衆の誰一人予想もできない遠いところまで流れてゆき、姿が消えた跡には新星が誕生している。その瞬きを目にするたび、訳している私までもが誇らしい気持になれる。

サイン会では巨人の本を胸に抱えた人々が辛抱強く列を作る。これもまた予想されたとおり、巨人の字は声と同じくらいに小さい。万年筆をきつく握り、背中を丸め、まるで初めての単語を綴るかのような慎重さで、見返しの片隅にサインする。yの結び目はいびつに震え、eの中身は潰《つぶ》れている。本の持つ値打ちに比べ、サインは極端に貧相で、余白ばかりが目立ち、愚か者によって子供の悪戯《いたずら》書きと誤解される怖れさえはらんでいる。

「ありがとうございます」

皆、心からの感謝を述べる。巨人ももごもごと何か返す。こちらこそ、どうもありがとう、お気をつけて。私は例の推理によって適切に通訳してゆく。

「飲み物の追加はいかがです？　おしぼりを取り替えてまいりましょうか？　お疲れでしたらいつでも休憩なさって下さい」

編集長があれこれと口を出すが、巨人の答えは決まっている。

「問題ありません」

これはよく聞き取れる。

「本当に正しく訳してくれたのか？」

自分の好意が一向に報われない鬱憤を、やはり編集長は私にぶつけてくる。

「問題ありません」

私はもう一度繰り返す。

巨人の握手はソフトで押しつけがましくない。きっと小鳥を抱く時にもこんな具合なのだろうなあ、と思わせる品がある。中には涙ぐむ人さえいる。すると巨人は、何か取り返しのつかないひどいことをやってしまったかのような、心配気な様子を見せ、自分まで泣きそうな顔になる。

人々は巨人の体温を少しでも長く感じるため右手をそっと握り締め、それから宝物を仕舞うように本を閉じる。

たとえ呼び名は巨人でも、やはり巨人には小さな声が似合っている、と思う。それは作品を読めば分かる。一声で大勢の人間を振り向かせるような声ではなく、たった一人の耳元にささやきかけるような声で、巨人はずっと作品を書き続けてきた。

巨人はヨーロッパ・アルプスの東南端に広がる丘陵地帯の小村に生まれた。中世の砦《とりで》に囲まれた静かな村だった。集落のはずれにローマ時代から残る渓谷の天然温泉があり、一家はそこで湯治客相手の雑貨屋を営んでいた。父親は勤勉な人で、いつも店内をきれいに磨き上げ、信用のおける商品しか仕入れず、陳列の仕方にも自分なりの厳密なルールを持っていた。客あしらいが上手いとは言えなかったが、むしろそのもの静かな性格は長期療養中の老人たちに好かれ、店先にはよく、埃《ほこり》っぽい椅子に腰掛けパイプをくゆらせながら、延々と続く客たちの昔話に黙って耳を傾ける父親の姿が見られた。その父親の足元にしゃがみ、一心に本をめくっている姿が、巨人の最も古い記憶であるという。

母親は働き者で健康で愛情深い人であった。店を手伝う傍ら、近隣の葡萄《ぶどう》農園に働きに出ていた。外では夫婦とも公用語を話したが、家の中で二人きりになると地域語を喋った。当時、あのあたりの家庭ではそれが普通だった。

巨人に本を与えたのは母親だった。ある日、客の一人が本を忘れていった。まだ字も読めない息子はそれを手に取り、一ページ一ページ最後まで丹念にめくっていった。その姿を目にし、本さえ与えておけばこの子は手が掛からないと知った彼女は、ホテルの支配人に頼み、湯治客がロビーに置いていった本の幾冊かをもらって帰るようになった。推理小説、時刻表、詩集、伝記、どんなジャンルでも息子は選り好みしなかったが、彼女にとってはできるだけ分厚い本の方が都合がよかった。母親は全ページをめくるには一体何十分かかるだろうか、と思われる重量感たっぷりの一冊を手に入れた。それは母親が生涯で目にした最も分厚い本であり、息子が最も気に入る本となった。綴じ糸がバラバラになるまでめくり続けたその本は、地域語の辞書だった。

巨人を筆頭に母親は全部で七人の子供を産み、うち一人を失った。巨人の双子の弟は、お腹にいる間に天に召され、兄の隣に寝かされた時は既に死者となっていた。

巨人は弟や妹たちの面倒をよく見た。学校には最低限しか通わず、店の力仕事は一手に引き受け、一番下の赤ん坊を背中にくりつけて葡萄の刈り入れを手伝った。

夜になると彼らを寝かしつけるため、自分で作ったおとぎ話を聞かせてやった。そんな時彼はしばしば、一人足りない、という感覚に襲われ戸惑うことがあった。その感覚は、ベッドにいる弟、妹たちを何度数え直しても消えなかった。巨人は両親から、双子の弟の死について説明された記憶はなかったが、それでも最初から自分は知っていた、分かっていた、とある著作に書いている。

弟、妹たちは皆、お話が一番よく聞こえる巨人の隣の位置を競争で取り合った。巨人はいつも、足りない一人に向かってお話を語った。そうすれば喧嘩は起こらず、皆が安らかに眠りにつくことができた。

巨人の声が小さいのは、死者に向かって語りかけているからだ。死者はとても耳がいいから、小さな声で充分なのだ。

十五歳の時、戦争が起こった。以降の人生については、どんな著作にもほとんど書かれていない。ただ一つはっきりしているのは、一家は強制収容所に送られ、巨人一人が生き残ったという事実だった。二年半の収容所生活の間、バラックの窓辺で羽根を休める小鳥たちだけが彼の慰めだった。人を焼く煙を越えて自由に外の世界と行き来できる小鳥こそが、〝一人足りない人〟に違いないと確信し、その小鳥に向かって語りかけた。解放された時、足りないのはもはや一人ではないと知らされ、彼の声はいっそう小さくなっていった。

バラックAからバラックBへ。収容所Cから収容所Dへ、更にEへ。家畜列車で、無蓋《むがい》列車で、あるいは徒歩で。赤十字のキャンプから療養所へ、難民施設へ。簡易宿泊所から炭鉱へ、農場へ。四十歳でペン一本の生活に入り、生まれ故郷に戻ってくるまで、彼の人生は移動の連続だった。移動することがすなわち、彼にとっての苦難の象徴となった。どんなに名誉ある賞を受けようと、どんなに権威ある人物から招待されようと、彼は決して旅行をしなかった。古い農場主の館を改造した住まいに一人暮らし、小鳥を飼い、そこにじっと留まって小説を書いた。

移動拒否の姿勢に多少なりとも変化が生じたのは、七十を過ぎ、初めての秘書ダニエルと出会ってからだった。有能なダニエルの登場により、巨人は面倒な雑用から解放され、外の世界の雑音から隔離され、たとえ移動している最中であっても安全な地帯に守られていると感じられるようになった。我々の招聘に応じてくれたのも、ダニエルの働きが大きかった。

旅行中の巨人がどれほどの不安を抱えているか、それがどういう種類の不安なのか、我々は誰一人思いやることができなかった。我々はただ巨人の声を聞き取るので精一杯だった。

通訳として最も緊張を強いられるのは、対談でもサイン会でもインタビューでもなく、会食の席である。公式のパーティーから内輪の食事会に至るまで、そこに食べ物が存在する限り、巨人はいよいよ無口になる。無言と表現しても差し支えない。編集長をはじめ皆は巨人を喜ばせる話題を引き出そうとして躍起になり、次々と質問をし、おかしくもないのに笑い、必要以上にワインの栓を抜く。しかし巨人はそんな周囲の気遣いにはお構いなく、ただひたすら料理を観察し味わうことにのみ神経を集中させる。

その姿はものを食べている人というより、珍妙な儀式を執り行う呪術師のようでもあり、何かにとりつかれた夢遊病者のようにも見える。巨人はサインをする時よりももっと深く背中を丸め、一切音を立てないまま、ほとんど皿に顔を埋めながら食べる。好き嫌いはないがお酒は口にせず、飲み物はただの水だけと決まっている。前菜に添えられたか弱い一本の香草も、メインの子羊も平等に、粛々と喉の奥の暗闇に吸い込まれてゆく。

「君が適当に答えておいてくれたまえ」

食事中、何を聞かれても巨人の答えは決まっている。

「でも、あなたが黙っているのに、私だけが喋るわけにはまいりません」

「今までだって、そうやって協力し合ってきたじゃないか」

「ええ、まあ確かに」

「僕は喋る振りだけをするよ」

ナプキンでおでこの汗を拭く隙に、巨人は私に向かってこっそりウインクをする。

せっせと私は通訳する。特に編集長の言葉は、いかにも念入りに訳していますという雰囲気が出るよう、気を配る。その間も巨人は食事に集中し続け、どうしても自分が何か答えなければならない事態になると、例のごとく唇をもごもごさせる。私は耳をそばだて、一言一言聞き取るポーズを取り、しかるのち、編集長はじめ皆が喜ぶ答えをでっち上げる。

巨人の本をすべて原書で読みたいからこそ地域語まで学んだ私にとって、小説のことであれプライベイトについてであれ、返答の捏造はさほど難しくない。巨人ならばこういう言葉を使うだろう、というイメージがスムーズに湧いてくる。巨人のもごもごの長さと、私の訳の長さが不自然にかけ離れないよう注意するだけでいい。その場にいる誰も疑問を感じない。それどころか巨人との間に親しく言葉が行き交い、心が通じ合っているという錯覚に酔い、喜びを噛み締めている。ずっとうつむいたままの巨人と目を合わせられない代わりに、皆が私に向かってうなずき、私を見つめる。心行くまで食べ物の世界に埋没できるよう、邪魔が入らないよう、私は砦となって巨人を守っている。

食事の最後、私は一つの発見をする。巨人は必ずパンを三分の一残し、テーブルを立ってナプキンを置く瞬間、それを素早くズボンのポケットに隠す。私以外誰も気づかない。その熟練した手つきから、単なる思いつきではなく、長い間繰り返してきた動きなのだと分かる。「君は上手くやってくれた」という目配せを私に送り、ポケットの縁にわずかのパン屑をつけたまま、巨人はホテルの部屋へと戻ってゆく。

毎朝十時、私は巨人の部屋をノックした。たいてい、身支度は最終段階に入っているものの出掛けるにはまだ多少時間を要する、という状態にあった。巨人は開いたままの旅行鞄を前にして床に座り込み、衣類も書類も洗面道具もすべてが混ざり合って収拾のつかなくなった中身を、更にかき回していた。蓋の内ポケットから、写真が一枚覗いて見えた。栗色の長髪にさわやかな目元の美男子は、たぶんダニエルなのだろう。長旅には釣り合わない小さすぎる旅行鞄は、巨人の両膝の間にすっぽりと納まっていた。それはまるで、今回の移動は決して大げさなものじゃない、気が向けばいつでも好きな時に帰ってこられるのだ、と自分自身に言い聞かせているかのような小ささに見えた。

「待たせてすまないね」

「いいえ、時間はあります。ゆっくりなさって下さい」

「ダニエルがきちんと詰めてくれたのに、今ではこのありさまだ」

「お手伝いしましょうか？」

「いや、確かこのあたりに突っ込んだはずなんだが……」

二人きりの時、巨人の声はとてもよく鼓膜に届いた。他の誰でもない私だけを目指し、これならば二人がどんなに遠く離れていても大丈夫に違いないと思わせてくれる力強さで、一筋に響いてきた。コーヒーテーブルの上で、リンドウはまだ綺麗に咲いていた。

「もし、お夜食が必要な時は……」

膨らんでいるズボンのポケットにできるだけ目をやらないようにしながら、さり気なく私は切り出した。

「いつでも言って下さい。ルームサービスを頼みますから」

「うん、ありがとう」

探し物の手を休めずに巨人は答えた。

「でも大丈夫だ。心配いらない。僕にはこれがあるから」

巨人はあっさり、ポケットからパンの切れ端を取り出して私に見せた。その拍子にパン屑がパラパラと床にこぼれ落ちた。それらはどれも硬く干からびていた。

「ポケットにパンの欠片《かけら》がある。世界にこれほど安心なことはない」

巨人はまた大事そうにパンを仕舞った。

「ああ、あった」

ようやく巨人は一番底から巾着袋を引っ張り出すと、中を覗き込んでしばらく考えたのち、一本羽根を抜き取って胸に挿した。

「今日はホロホロチョウのスージーにしよう」

グレーに白い点々が散らばった、シックな模様をしていた。

「よくお似合いです」

「そうかい？」

巨人と私は一緒にホロホロチョウの羽根を見つめた。

とうとう滞在最終日がやってくる。その日は一日自由時間になっており、買い物、観劇、川下り、スポーツ観戦、寺院参拝、美術館見学、そぞろ歩き、何でもお望みのとおりアレンジしましょうと編集長は張り切っていたのだが、巨人の希望はただ一箇所、野鳥の森公園。それ以外に行きたい場所はない。

「通訳と二人で行く」

きっぱりと巨人は宣言する。私が捏造したのではない。

「大勢人がいると鳥は怯えてしまう。だから二人で行く」

こんな若造一人に任せておいて何か不手際でもあったら、と心配する編集長を遮り、巨人は立ち上がる。もちろん誰一人異議を差し挟む者はいない。私たちはハイヤーに乗り、野鳥の森公園へ向けて出発する。車は西へ西へと走り続ける。

台地の斜面に広がる三千平方メートルの林を利用して作られたというその公園は、とても寂れている。広々とした駐車場を見渡しても人気はなく、看板はペンキが剝げ落ち、唯一姿の見える入場券売場のおばさんはうたた寝をしている。そんなことを気にする様子もなく巨人は、森の奥へと続く小径をずんずん歩いてゆく。

たちまち私たちは木立に囲まれ、足元から立ち上ってくる落ち葉の匂いに包まれる。頭上でゆるやかに梢が揺れ、木漏れ日が巨人の横顔を照らす。森の中でも巨人はすべてのボタンを全部留めているし、ベルトは弛《ゆる》みなく締め上げている。

「ホオジロ」

最初、それが巨人の声だとは気づかない。落ち葉を踏みしめる音と枝が触れ合う音に紛れ、木々の間に吸い込まれてゆく森の音だと錯覚する。

「シジュウカラ」

巨人の声に導かれ、ようやく私の耳に鳥の鳴き声が届いてくる。

「アカゲラ」

クヌギの大木を見上げながら、水辺のシダの茂みに目を凝らしながら、巨人は彼らの名前を告げる。私に向かって、というのでもなく、独り言でもなく、姿は見えないけれどすぐそばにいるらしい誰かと合図を送り合うように、愛らしいその名前たちを口にする。彼が口を開くたび、胸元の羽根も一緒に震える。

私は巨人の斜め左後ろ、正しい通訳の位置を守る。通訳として正しい振る舞いをする。目障りにならず、余計な音は立てず、いつでも役目を果せるだけの用意を整え、あなたは充分に一人でありながら決して一人ではないのです、と気配で伝える。

私たちはひたすら歩き続ける。どんなに微かな鳴き声でも、どんなに複雑に交差した鳴き声でも巨人はちゃんと聞き分けられる。途中、所々に設《しつら》えられた餌台を見つけると、ポケットからパンの欠片を取り出して載せる。『勝手に餌をやらないで下さい』と注意書きの札が立っているが、もちろん巨人には関係ない。長い間ポケットの中に潜んでいた大事なパンを、ヘンゼルとグレーテルのように、一欠けら一欠けら置いてゆく。あとからあとからいくらでもパンは出てくる。

岩を伝って早瀬を渡り、苔《こけ》むした倒木をまたぎ、落葉樹の一群を通り抜ける。梢に切り取られた空は充分に明るく、木々の根もとに広がる陰はひんやりと静かで、相変わらず私たちの邪魔をする者は一人も現れない。

やがて森の中央に到達したのだろうか、あたりが広々と開け、レストランや展望台らしい建物が姿を見せるが、メニューの見本が並ぶガラスケースは埃をかぶり、テラスの望遠鏡は錆びついている。

「あっ、あれ」

不意に巨人が広場の片隅を指差す。そこにはメリーゴーランドがある。他の施設同様かなりくたびれてはいるものの、こぢんまりとした素朴なメリーゴーランドだ。さすが野鳥の森公園だけあって、座席には馬車や白馬ではなく、すべて種類の異なる鳥がデザインされている。各々特徴のある嘴《くちばし》と羽根を持った鳥たちが、仲良く輪になって連なりながら、黒い瞳でじっと一点を見つめている。

「お乗りになりますか?」

巨人はうなずく。どうやって操作すればいいのか、そもそも正常に作動するのかどうかさえ分からないにもかかわらず、なぜか私には大丈夫だという確信がある。巨人が繰り返してきた「問題ありません」という言葉がよみがえってくる。

巨人はメリーゴーランドを一周し、どの鳥に乗るかじっくりと考える。その間私は操作盤の前に立ち、クモの巣を払い、ロック解除、緊急停止、スタート、ギアアップ、ギアダウン、などと書かれたレバーを一つ一つ握ってみる。どれもひんやりと湿っている。

「これにしよう」

巨人はずんぐりとして安定のよさそうな一羽を選ぶ。

「よろしいですか?」

私の呼び掛けに巨人は手を挙げて答え、支柱を握り締める。私はロック解除とスタートのレバーを引く。

しばらくガタガタとためらいを見せたのち、思案するようにゆっくりとメリーゴーランドは動きはじめる。音楽は流れず、ただモーターのうなる音と、油が切れて軋《きし》む歯車の音だけが風に乗って渦を巻く。途中どこかのつなぎめがずれているのか、一箇所大きくガタンと揺れるけれど、それでも鳥たちは健気に回り続ける。羽根を広げたり閉じたりするものもいれば、餌をねだるように頭を上げ、嘴を開けるものもいる。

私は柵にもたれ、巨人に向かって手を振る。巨人は笑っている。ふと、鳥の支柱に各々ぶら下がっているプレートが目に入る。

モーリシャスクイナ（1700年）、タヒチシギ（1773年）、カササギガモ（1878年）、ワライフクロウ（1914年）、カロライナインコ（1918年）……。

巨人が乗っているのはドードー（1681年）だ。ドードーのふっくらと膨らんだ羽根の中に、巨人は納まっている。

これらは皆、絶滅した鳥なんだ、と私は気づく。仲間とはぐれ、一人ぼっちになった鳥たちが延々と一つの円を描き続けている。これに乗っている限り、どこへも移動しなくていいのだという安堵に包まれるように、巨人はうっとりと目を細める。私には聞こえない小さな声で、ドードーに話し掛ける。

翌朝、巨人は帰国の途につく。出迎えの時と同じメンバーで、空港へ見送りに行く。決まりきった別れの言葉を私が通訳している間、巨人は全員と等しく握手をする。最後、私にだけ手の甲にキスをしてくれる。何でお前だけ、という不満そうな表情を浮かべながらも編集長は、食中毒の呪いにもかかわらず、どうにかこうにか予定が無事こなせたことにほっとしている。

ゲートの奥に巨人の背中が見えなくなるまで、私たちは「さようなら」を繰り返す。小鳥たちとダニエルの待つ家へ、巨人は帰ってゆく。

ホテルの部屋でいつしかリンドウはすっかり枯れ落ちている。

参考文献

約束された移動
『エレンディラ』ガルシア＝マルケス著／鼓直、木村榮一訳　サンリオ文庫
『闇の奥』ジョゼフ・コンラッド著／黒原敏行訳　光文社古典新訳文庫
『怒りの葡萄』ジョン・スタインベック著／黒原敏行訳　ハヤカワepi文庫
ダイアナとバーバラ
『ザ・ロイヤルズ　封印された英国王室の真実』キティー・ケリー著／吉澤康子訳　祥伝社

解説　助けを必要とする不特定多数のたった一人のための仕事

藤野可織

表題作の主人公である客室係は、世界中に熱狂的なファンを持つハリウッド俳優Bが宿泊したロイヤルスイートの清掃を担当する。彼女はその高い職能によって、持ち去られた備品があることに気がつく。それは、千冊を超える本が並ぶ書棚の中の、たった一冊の本だ。彼女はそれがどの小説であるかを特定して、自分でも同じ小説を手に入れる。Bが読んだはずの小説を読むことは、客室係にとってはBと秘密を分かち合うことを意味する。

秘密を分かち合う？

でもBのほうは、客室係のことなんてちっとも知らないのだ。Bが何度ロイヤルスイートに宿泊しようと客室係が見るのはBの痕跡ばかりでBの姿を見かけたこともないし、Bに至っては、客室係の存在が意識に上っているかどうかすらあやしい。

それよりも、この小説を読んでいるときの私のこの、自分が特別な人間になったような気分はなんだろう？　それは決して錯覚ではない。実際に私は特別な人間なのだ。なぜならこの有能な客室係がプロフェッショナルの気合いで守り続けているBとの秘密が、今、私だけに明かされている最中なのだから。「秘密を分かち合う」ことは、この小説を読んでいるこの私にも同時に起こっている。

表題作は冒頭に置かれているが、私は本書のしまいまで特別な人間であり続ける。それはいったいどうしてなんだろう。

この短篇集の主人公たちは固有の名前を持たない。主人公たちに与えられているのは役割をあらわす名、あるいは人との関係性において定められる名ばかりだ。バーバラ、という、一見ちゃんとした人名としか思われない名ですら例外ではない。

十二年前、初めての孫が生まれた時、彼女は自らバーバラと名乗るようになった。（中略）英国王室の流儀に従えば、明らかにバーバラはうってつけの名前である、と。

英国王室の流儀に従わなければ、バーバラは「ばあば」だっただろう。彼女が英国王室の流儀を気にするのは、それが自分の職業倫理と一致すると考えているからだ。英国王室も彼女も、「いくら大勢の人間がいようと、見ず知らずの間柄だろうと、他の誰でもない、あなたのためだけを思っているんですよとたちまち相手に錯覚させる」技術を惜しみなく発揮して勤務に当たる。だからバーバラというのもまた、彼女の役割と、孫娘との関係性の二つを兼ね備えた名なのだ。

この短篇集の主人公たちは、名前を持たないかわりに、みな職業に並々ならぬ誇りを持ち、淡々と職務を遂行する。高級ホテルの客室係、市民病院の案内係とエスカレーターの補助員、デパートの警備課迷子係、託児所の園長、希少言語の通訳。ひとりだけ、とくに職業が明かされていない主人公がいる。この主人公だけは少し異質なのだろうか？　しかし、この短篇の最後にはそうでなかったことがわかる。それどころか、むしろここには、ほかの主人公たちみんなに対する問いかけと答えがあるといってもいい。

突然とある役割を果たす羽目になって約束の時間に遅れてきた主人公に、恋人が尋ねる。

「無事に果せた？」

主人公はうなずく。

私にはほかの主人公たちもいっせいにうなずいているのが見える。静かな自信とともに主人公たちはうなずく。自分たちを信頼してもらってかまわないと主人公たちはうなずいている。「いくら大勢の人間がいようと、見ず知らずの間柄だろうと、他の誰でもない、あなたのためだけを……」バーバラの声が聞こえる。

私はふだん、どうしてこんなことになっているのかわからない、と思いながら毎日を生きている。自分の毎日が具体的にどんなふうだったらそんなことを思わずにすむのかといえば、それはわからない。どうしたって、どうしてこんなことになっているのかはきっとわからないままだろう。そこには漠然とした恐れと不安が常駐している。

私の体と心は、これから先、いったいどこに連れて行かれてしまうのだろう？　まあどこに連れて行かれるのかは、実際、おおよその予想はついている。突拍子もないところにはきっと行けないだろう。誰だってそうだ。私だって。なるほど、たしかに「約束された移動」だ。まだこの本を開かず、手に取っているだけのとき、私はこのタイトルを斜に構えて受け取る。

しかし、そのさまざまに「約束された移動」は、この本の中で、惜しみのない祝福とともに見守られる。客室係の中でBは小説や映画の登場人物たちに導かれて移動を続け、病院の案内係は「迷い、困惑している人を、正しい場所へ導く」。デパートの迷子係は迷子たちを見つけ出して「本来いるべき場所に」帰し、葬列の先頭に立つ子どもたちは行き先を不安がる大人たちを率いてどこまでも歩き、通訳は古い見捨てられたメリーゴーランドを難なく起動させる。

私は主人公たちの仕事がそれぞれ、助けを必要とするたった一人のための仕事であることを思い出す。いや、ただの「たった一人」ではない。「いくら大勢の人間がいようと、見ず知らずの間柄だろうと、他の誰でもない、あなたのためだけを……」またバーバラの声が聞こえる。

だからつまり、そういうことだったのだ。小説というものもまた、助けを必要とする不特定多数のたった一人のための仕事で、この小説は今、それをきっちりと静かに果たしているところなのだ。そのために、私はこの小説を読んでいるあいだ、特別な者であり続けるのだ。

私は、客室係が三十年以上に渡ってBとの秘密を守り続けることも思い出す。客室係が見守るのは、マスメディアがあれやこれやと書き立てる姿ではなく、映画や小説の光景のなかで進み続けるBの姿だということ、それがどういうことなのかを考える。そして、秘密という言葉は尊厳という言葉に置き換えてもいいのではないかと思いつく。客室係が守り続けているのは、Bの尊厳なのだ。

だから、この本が私を特別な者にしているとすれば、それは、この本が私の尊厳を芽吹かせ、大切に育てようとしているからだ。

私はこの本の読者だが、私もまた小説家でもある。尊厳を育て、守ること。それが小説の果たすべき仕事だということを、私はこの本によって学び直す。

それから、もうひとつ、学んだことがある。この本に限らず著者の作品には、洗練された品のいいしつらえとともに不気味なもの、グロテスクなものが配置されていることが多い。この本でも、老いた女性の身だしなみの奇矯さは不意にぞっとするほどの解像度で迫ってくるし、人間の眼球に卵を産むハエやクラブの裏口のゴミ捨て場の不潔さと乱雑さ、黒子羊の死と死体がどうなっていくかについての詳細な記述がある。

そのようなグロテスクさは、通常は、刺激のための装置として扱われる。受け取り手もたいていはそのような効果を期待している。私も映画で人の頭が吹っ飛び、血飛沫《ちしぶき》の雨が降るたびに、すっかり慣れきった刺激の感触を楽しんでいる。けれど、この著者においてはグロテスクさもまた尊厳を守るための装置であると私は思う。なぜならそれらは、ある種の職業的な達成や理想を示すものとして提示されるからだ。

本を閉じて、私は私の「約束された移動」に戻る。

（作家）

本書は二〇一九年十一月、単行本として小社より刊行されました。

初出
約束された移動　文藝　二〇一九年秋季号
ダイアナとバーバラ　文藝　二〇一九年夏季号
元迷子係の黒目　文藝　二〇一九年冬季号
寄生　文藝　二〇〇九年秋季号
黒子羊はどこへ　『どうぶつたちの贈り物』　ＰＨＰ研究所　二〇一六年一月
（所収『世にもふしぎな動物園』　ＰＨＰ文芸文庫　二〇一八年十一月刊）
巨人の接待　文藝春秋　二〇〇九年十二月号
（所収『甘い罠　8つの短篇小説集』二〇一二年七月刊）

約束《やくそく》された移動《いどう》

二〇二二年 八 月一〇日 初版印刷
二〇二二年 八 月二〇日 初版発行

著　者　小川洋子《おがわようこ》
発行者　小野寺優
発行所　株式会社河出書房新社
〒一五一－〇〇五一
東京都渋谷区千駄ヶ谷二－三二－二
電話〇三－三四〇四－八六一一（編集）
〇三－三四〇四－一二〇一（営業）
https://www.kawade.co.jp/

ロゴ・表紙デザイン　粟津潔
本文フォーマット　佐々木暁
印刷・製本　中央精版印刷株式会社

Printed in Japan　ISBN978-4-309-41911-4

小川洋子の偏愛短篇箱

小川洋子〔編著〕　41155-2

この箱を開くことは、片手に顕微鏡、片手に望遠鏡を携え、短篇という名の王国を旅するのに等しい——十六作品に解説エッセイを付けて、小川洋子の偏愛する小説世界を楽しむ究極の短篇アンソロジー。

小川洋子の陶酔短篇箱

小川洋子〔編著〕　41536-9

川上弘美「河童玉」、泉鏡花「外科室」など、小川洋子が偏愛する短篇小説十六篇と作品ごとの解説エッセイ。摩訶不思議で面白い物語と小川洋子のエッセイが奏でる究極のアンソロジー。

言葉の誕生を科学する

小川洋子／岡ノ谷一夫　41255-9

人間が“言葉”を生み出した謎に、科学はどこまで迫れるのか？　鳥のさえずり、クジラの泣き声……言葉の原型をもとめて人類以前に遡り、人気作家と気鋭の科学者が、言語誕生の瞬間を探る！

ブラザー・サン　シスター・ムーン

恩田陸　41150-7

本と映画と音楽……それさえあれば幸せだった奇蹟のような時間。「大学」という特別な空間を初めて著者が描いた、青春小説決定版！　単行本未収録・本編のスピンオフ「糾える縄のごとく」&特別対談収録。

福袋

角田光代　41056-2

私たちはだれも、中身のわからない福袋を持たされて、この世に生まれてくるのかもしれない……人は日常生活のどんな瞬間に、思わず自分の心や人生のブラックボックスを開けてしまうのか？　八つの連作小説集。

東京ゲスト・ハウス

角田光代　40760-9

半年のアジア放浪から帰った僕は、あてもなく、旅で知り合った女性の一軒家に間借りする。そこはまるで旅の続きのゲスト・ハウスのような場所だった。旅の終わりを探す、直木賞作家の青春小説。

マスードの戦い

長倉洋海　41853-7

もし彼が生きていたなら「アフガニスタンの今」はまったく違ったものになっていただろう——タリバン抵抗運動の伝説の指導者として民衆に愛された一人の戦士を通して描く、アフガンの真実の姿。

消滅世界

村田沙耶香　41621-2

人工授精で、子供を産むことが常識となった世界。夫婦間の性行為は「近親相姦」とタブー視され、やがて世界から「セックス」も「家族」も消えていく……日本の未来を予言する芥川賞作家の圧倒的衝撃作。

火口のふたり

白石一文　41375-4

私、賢ちゃんの身体をしょっちゅう思い出してたよ——挙式を控えながら、どうしても忘れられない従兄賢治と一夜を過ごした直子。出口のない男女の行きつく先は？　不確実な世界の極限の愛を描く恋愛小説。

JR上野駅公園口

柳美里　41508-6

一九三三年、私は「天皇」と同じ日に生まれた——東京オリンピックの前年、出稼ぎのため上野駅に降り立った男の壮絶な生涯を通じ描かれる、日本の光と闇……居場所を失くしたすべての人へ贈る物語。

JR品川駅高輪口

柳美里　41798-1

全米図書賞受賞のベストセラー『JR上野駅公園口』と同じ「山手線シリーズ」として書かれた河出文庫『まちあわせ』を新装版で刊行。居場所のない少女の魂に寄り添う傑作。

JR高田馬場駅戸山口

柳美里　41802-5

全米図書賞受賞のベストセラー『JR上野駅公園口』と同じ「山手線シリーズ」として書かれた河出文庫『グッドバイ・ママ』を新装版で刊行。居場所のない「一人の女」に寄り添う傑作。

そこのみにて光輝く

佐藤泰志　41073-9

にがさと痛みの彼方に生の輝きをみつめつづけながら生き急いだ作家・佐藤泰志がのこした唯一の長篇小説にして代表作。青春の夢と残酷を結晶させた伝説的名作が二十年をへて甦る。

きみの鳥はうたえる

佐藤泰志　41079-1

世界に押しつぶされないために真摯に生きる若者たちを描く青春小説の名作。新たな読者の支持によって復活した作家・佐藤泰志の本格的な文壇デビュー作であり、芥川賞の候補となった初期の代表作。

大きなハードルと小さなハードル

佐藤泰志　41084-5

生と精神の危機をひたむきに乗り越えようとする表題作はじめ八十年代に書き継がれた「秀雄もの」と呼ばれる私小説的連作を中心に編まれた没後の作品集。作家・佐藤泰志の核心と魅力をあざやかにしめす。

枯木灘

中上健次　41339-6

熊野を舞台に繰り広げられる業深き血のサーガ…日本文学に新たな碑を打ち立てた著者初長編にして圧倒的代表作。後日談「覇王の七日」を新規収録。毎日出版文化賞他受賞。解説／柄谷行人・市川真人。

十九歳の地図

中上健次　41340-2

「俺は何者でもない、何者かになろうとしているのだ」——東京で生活する少年の拠り所なき鬱屈を瑞々しい筆致で捉えたデビュー作。全ての十九歳に捧ぐ青春小説の金字塔。解説／古川日出男・高澤秀次。

リレキショ

中村航　40759-3

“姉さん”に拾われて“半沢良”になった僕。ある日届いた一通の招待状をきっかけに、いつもと少しだけ違う世界がひっそりと動き出す。第三十九回文藝賞受賞作。

走ル

羽田圭介　41047-0

授業をさぼってなんとなく自転車で北へ走りはじめ、福島、山形、秋田、青森へ……友人や学校、つきあい始めた彼女にも伝えそびれたまま旅は続く。二十一世紀日本版『オン・ザ・ロード』と激賞された話題作！

不思議の国の男子

羽田圭介　41074-6

年上の彼女を追いかけて、おれは恋の穴に落っこちた……高一の遠藤と高三の彼女のゆがんだＳＳ関係の行方は？　恋もギターもＳＥＸも、ぜーんぶ“エアー”な男子の純愛を描く、各紙誌絶賛の青春小説！

11　eleven

津原泰水　41284-9

単行本刊行時、各メディアで話題沸騰＆ジャンルを超えた絶賛の声が相次いだ、津原泰水の最高傑作が遂に待望の文庫化！　第２回Twitter文学賞受賞作！

きみの言い訳は最高の芸術

最果タヒ　41706-6

いま、もっとも注目の作家・最果タヒが贈る、初のエッセイ集が待望の文庫化！　「友達はいらない」「宇多田ヒカルのこと」「不適切な言葉が入力されています」ほか、文庫版オリジナルエッセイも収録！

しき

町屋良平　41773-8

“テトロドトキサイザ2号踊ってみた”春夏秋冬——これは未来への焦りと、いまを動かす欲望のすべて。高２男子３人女子３人、「恋」と「努力」と「友情」の、超進化系青春小説。

想像ラジオ

いとうせいこう　41345-7

深夜二時四十六分「想像」という電波を使ってラジオのＯＡを始めたＤＪアーク。その理由は……。東日本大震災を背景に生者と死者の新たな関係を描きベストセラーとなった著者代表作。野間文芸新人賞受賞。

おしかくさま

谷川直子　41333-4

おしかくさまという“お金の神様”を信じる女たちに出会った、四十九歳のミナミ。バツイチ・子供なしの先行き不安な彼女は、その正体を追うが!?　現代日本のお金信仰を問う、話題の文藝賞受賞作。

暗い旅

倉橋由美子　40923-8

恋人であり婚約者である“かれ”の突然の謎の失踪。“あなた”は失われた愛を求めて、過去への暗い旅に出る——壮大なる恋愛叙事詩として文学史に残る、倉橋由美子の初長篇。

あられもない祈り

島本理生　41228-3

〈あなた〉と〈私〉……名前すら必要としない二人の、密室のような恋——幼い頃から自分を大事にできなかった主人公が、恋を通して知った生きるための欲望。西加奈子さん絶賛他話題騒然、至上の恋愛小説。

ドレス

藤野可織　41745-5

美しい骨格標本、コートの下の甲冑……ミステリアスなモチーフと不穏なムードで描かれる、女性にまといつく“決めつけ”や“締めつけ”との静かなるバトル。わかりあえなさの先を指し示す格別の８短編。

いやしい鳥

藤野可織　41652-6

だんだんと鳥に変身していく男をめぐる惨劇、幼い頃に母親を恐竜に喰われたトラウマ、あまりにもバイオレントな胡蝶蘭……グロテスクで残酷で、やさしい愛と奇想に満ちた、芥川賞作家のデビュー作！

サラダ記念日

俵万智　40249-9

〈「この味がいいね」と君が言ったから七月六日はサラダ記念日〉——日常の何げない一瞬を、新鮮な感覚と溢れる感性で綴った短歌集。生きることがうたうこと。従来の短歌のイメージを見事に一変させた傑作！